# JOYEUX DÉMONS

# SOMMAIRE

LA BELETTE-FAUCILLE DE TOKYO

JE SUIS DE RETOUR
TU DORS DÉJÀ ?

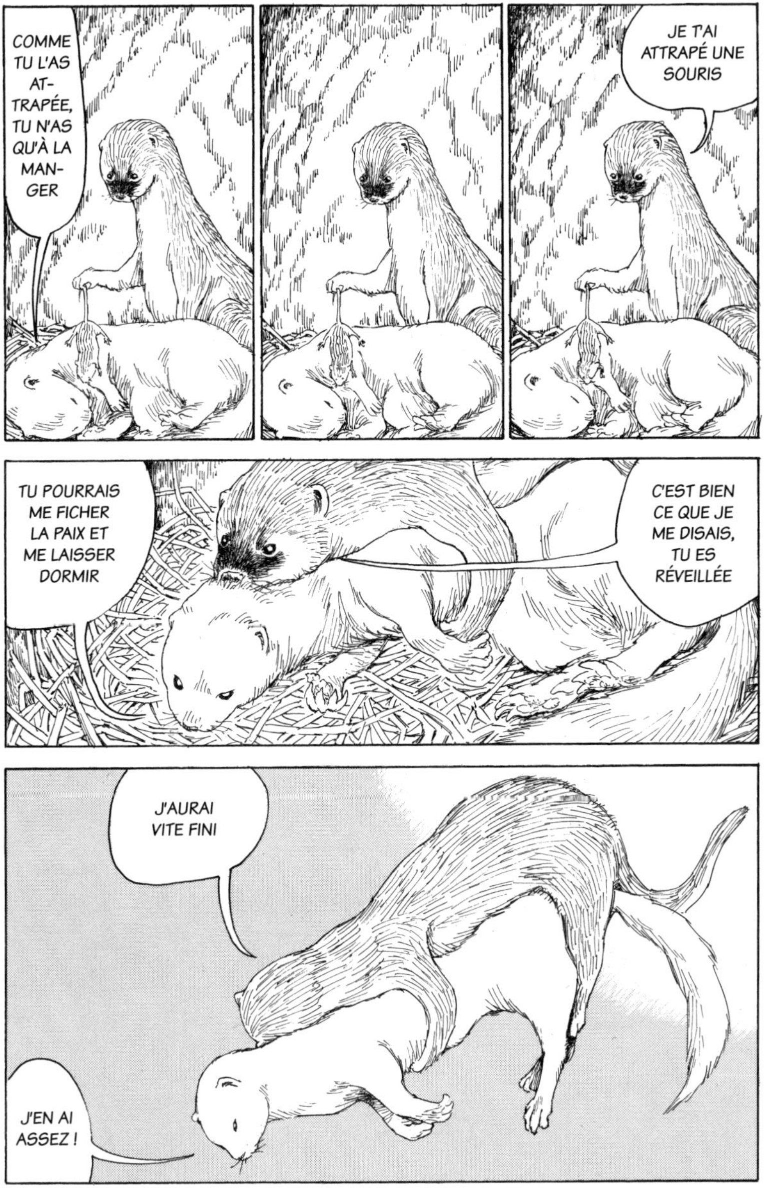
COMME TU L'AS AT-TRAPÉE, TU N'AS QU'À LA MAN-GER
JE T'AI ATTRAPÉ UNE SOURIS
TU POURRAIS ME FICHER LA PAIX ET ME LAISSER DORMIR
C'EST BIEN CE QUE JE ME DISAIS, TU ES RÉVEILLÉE
J'AURAI VITE FINI
J'EN AI ASSEZ !

Le premier bouscule
Le second entaille
Le troisième met de l'onguent
SI ON EN AVAIT TROIS, ON POURRAIT MONTER UNE ÉQUIPE DE BELETTES-FAUCILLES
LES ENFANTS, ÇA A BEAU ÊTRE VRAIMENT PÉNIBLE, J'EN VOUDRAIS TROIS
À NOTRE ÉPOQUE, MÊME LES BELETTES-FAUCILLES DE LA CAMPAGNE NE FONT PLUS ÇA
VOILÀ CE QUE J'AIMERAIS FAIRE
AH, TU ES RÉVEILLÉE À NOUVEAU
ALORS JE REPARS À L'ATTAQUE !
DEMAIN, JE DOIS ME LEVER TÔT !

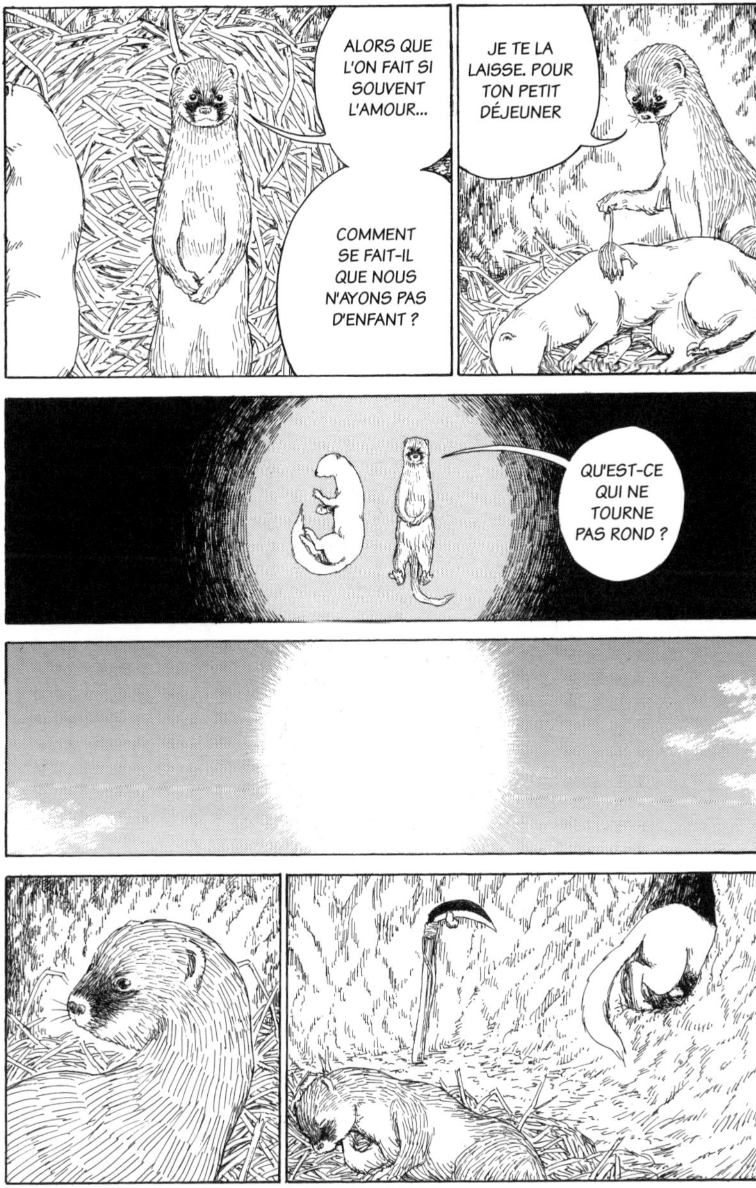
ALORS QUE L'ON FAIT SI SOUVENT L'AMOUR...
COMMENT SE FAIT-IL QUE NOUS N'AYONS PAS D'ENFANT ?
JE TE LA LAISSE. POUR TON PETIT DÉJEUNER
QU'EST-CE QUI NE TOURNE PAS ROND ?

MON-
SIEUR
LE FU-
LIGULE
MILOUIN
VOUS
N'AURIEZ PAS
VU MA FEMME
DANS LE
COIN ?

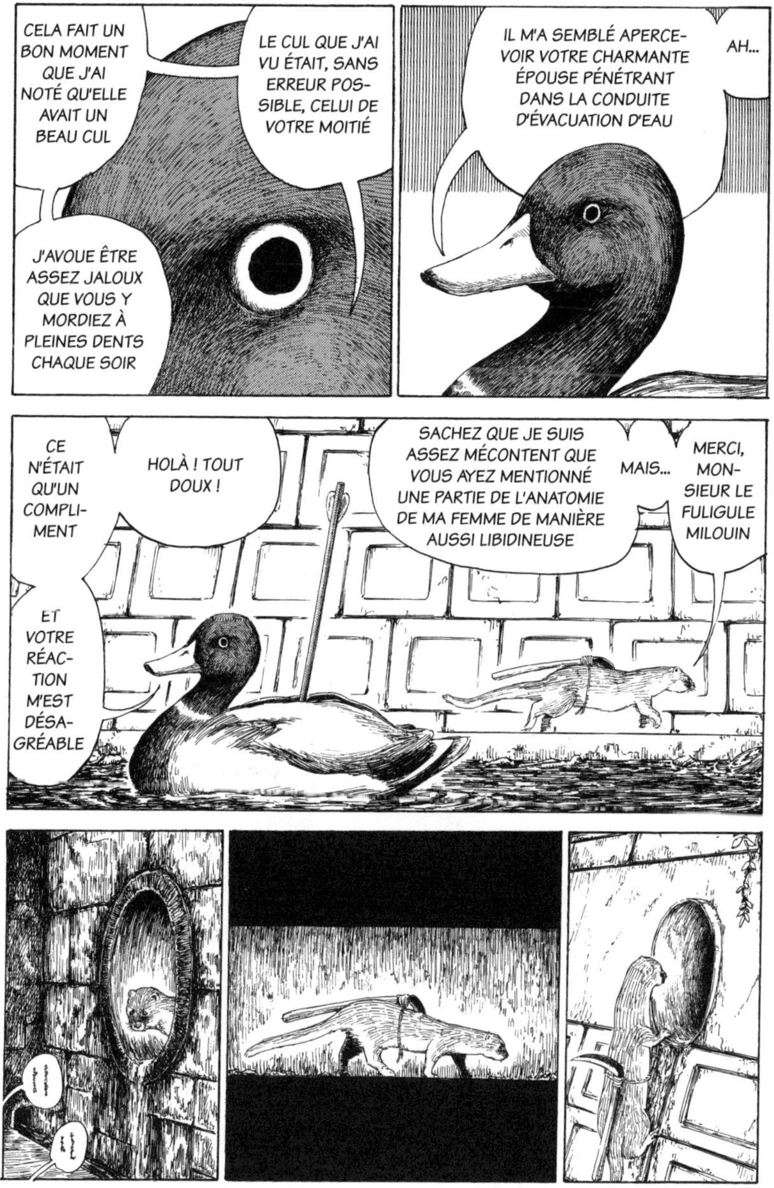
AH...
IL M'A SEMBLÉ APERCEVOIR VOTRE CHARMANTE ÉPOUSE PÉNÉTRANT DANS LA CONDUITE D'ÉVACUATION D'EAU
LE CUL QUE J'AI VU ÉTAIT, SANS ERREUR POSSIBLE, CELUI DE VOTRE MOITIÉ
CELA FAIT UN BON MOMENT QUE J'AI NOTÉ QU'ELLE AVAIT UN BEAU CUL
J'AVOUE ÊTRE ASSEZ JALOUX QUE VOUS Y MORDIEZ À PLEINES DENTS CHAQUE SOIR
MERCI, MONSIEUR LE FULIGULE MILOUIN
MAIS...
SACHEZ QUE JE SUIS ASSEZ MÉCONTENT QUE VOUS AYEZ MENTIONNÉ UNE PARTIE DE L'ANATOMIE DE MA FEMME DE MANIÈRE AUSSI LIBIDINEUSE
HOLÀ ! TOUT DOUX !
CE N'ÉTAIT QU'UN COMPLIMENT
ET VOTRE RÉACTION M'EST DÉSAGRÉABLE

VOILÀ, LA MÊME CHOSE QUE D'HABITUDE
MERCI BEAUCOUP
AH, C'EST TOI !?
QU'EST-CE QUE TU FABRIQUES DANS CET ENDROIT ?
TU M'AS SUIVIE ?
CE TRUC, C'EST QUOI ?
ÇA... C'EST...
PASSE-LE-MOI
C'EST QUOI, CE MÉDICA-MENT ?
HÉ, LE VIEUX, C'EST QUOI, CE MÉDICAMENT ?
CALME-TOI
PAR-LONS TRAN-QUILLE-MENT

LA FERME !
OUTCH ... !
PARLE !
C'EST QUOI, CE MÉDICAMENT ?!
C'EST UNE PILULE DU LENDEMAIN
C'EST LA PILULE POUR APRÈS
PRISE DANS LES 72 HEURES APRÈS UN RAPPORT SEXUEL, ELLE EMPÊCHE, AVEC UNE TRÈS HAUTE PROBABILITÉ, UNE *GROSSESSE*
PLUS ELLE EST PRISE RAPIDEMENT APRÈS UN RAPPORT, PLUS SON EFFICACITÉ EST GRANDE
JE DÉDUIS DE CETTE CONVERSATION QUE TU ES DEPUIS LONGTEMPS UNE CLIENTE RÉGULIÈRE DE CETTE OFFICINE...
POURQUOI FAIS-TU... UNE CHOSE PAREILLE... ?

JE SAIS !
C'EST PARCE QU'ON TE LE DEMANDE
IL Y A QUELQU'UN D'AUTRE, ET QUI TROUVE ÇA NÉCESSAIRE
C'EST POUR ÇA QUE TU ACHÈTES CETTE PILULE
N'EST-CE PAS ?
NON
JE L'ACHÈTE QUAND JE DOIS LA PRENDRE
TU NE VEUX PAS AVOIR DES ENFANTS AVEC MOI... ?
NON...
CE N'EST PAS ÇA
ALORS POURQUOI EN AS-TU BESOIN ?
UN INSTANT...
ÇA N'A PAS DE SENS !
QUAND JE PENSE QUE TOUTE L'ACTIVITÉ QUE J'AI DÉPLOYÉE EST RÉDUITE À NÉANT ! C'EST DUR À SUPPORTER
JE ME SUIS DIT QUE C'ÉTAIT PEUT-ÊTRE À CAUSE DE MOI QUE ÇA NE MARCHAIT PAS. ET ALORS MÊME QUE JE T'ENLAÇAIS, J'ÉTAIS TRÈS INQUIET ! C'EST VRAIMENT TROP HORRIBLE... AAH... AAH...
EXCUSE-MOI, JE T'EN PRIE
NE NOUS ÉNERVONS PAS ET PARLONS...

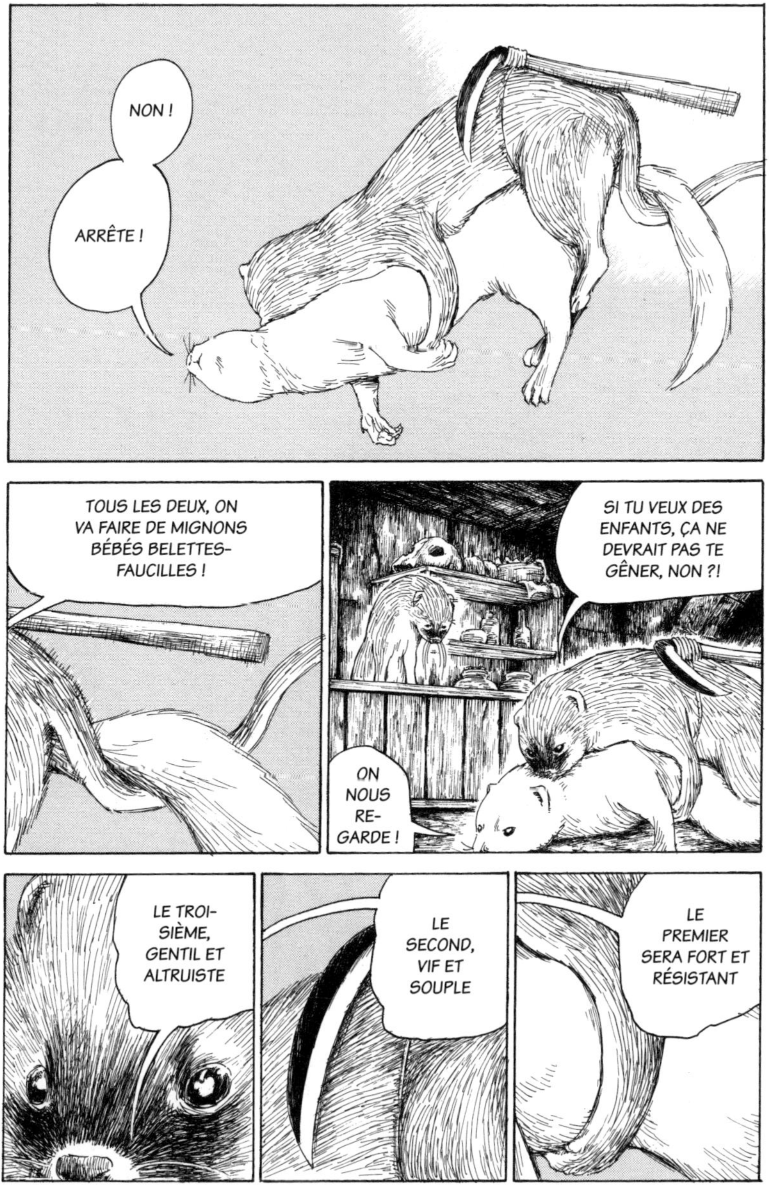
NON !
ARRÊTE !
SI TU VEUX DES ENFANTS, ÇA NE DEVRAIT PAS TE GÊNER, NON ?!
ON NOUS RE-GARDE !
TOUS LES DEUX, ON VA FAIRE DE MIGNONS BÉBÉS BELETTES-FAUCILLES !
LE PREMIER SERA FORT ET RÉSISTANT
LE SECOND, VIF ET SOUPLE
LE TROI-SIÈME, GENTIL ET ALTRUISTE

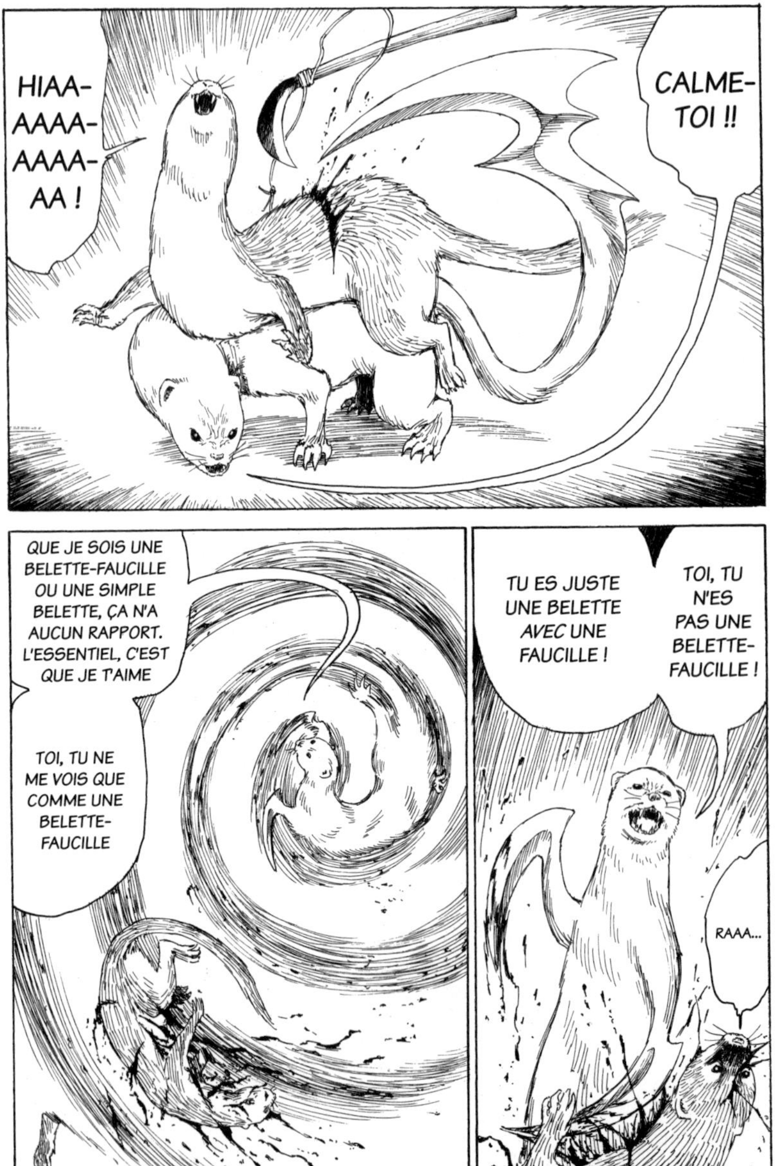
CALME-TOI !!
HIAA-AAAA-AAAA-AA !
TOI, TU N'ES PAS UNE BELETTE-FAUCILLE !
TU ES JUSTE UNE BELETTE *AVEC* UNE FAUCILLE !
RAAA...
QUE JE SOIS UNE BELETTE-FAUCILLE OU UNE SIMPLE BELETTE, ÇA N'A AUCUN RAPPORT. L'ESSENTIEL, C'EST QUE JE T'AIME
TOI, TU NE ME VOIS QUE COMME UNE BELETTE-FAUCILLE

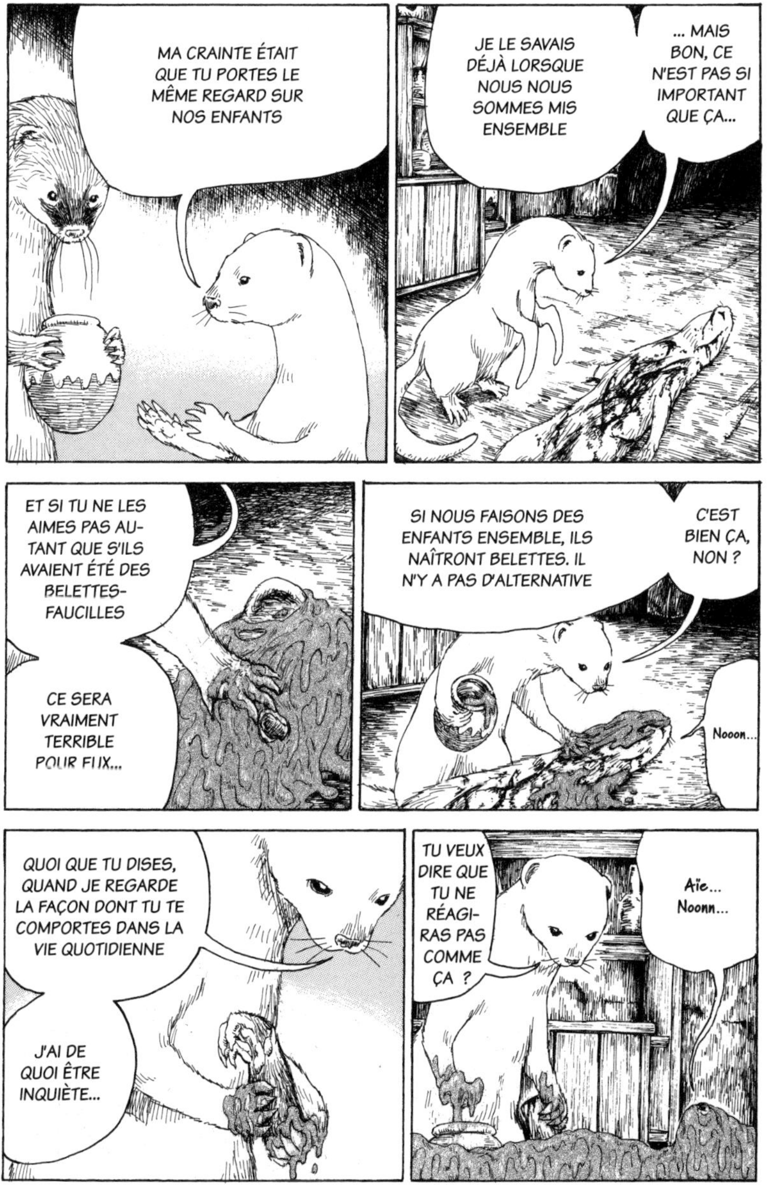
MA CRAINTE ÉTAIT QUE TU PORTES LE MÊME REGARD SUR NOS ENFANTS
JE LE SAVAIS DÉJÀ LORSQUE NOUS NOUS SOMMES MIS ENSEMBLE
... MAIS BON, CE N'EST PAS SI IMPORTANT QUE ÇA...
ET SI TU NE LES AIMES PAS AUTANT QUE S'ILS AVAIENT ÉTÉ DES BELETTES-FAUCILLES
CE SERA VRAIMENT TERRIBLE POUR EUX...
SI NOUS FAISONS DES ENFANTS ENSEMBLE, ILS NAÎTRONT BELETTES. IL N'Y A PAS D'ALTERNATIVE
C'EST BIEN ÇA, NON ?
Nooon...
QUOI QUE TU DISES, QUAND JE REGARDE LA FAÇON DONT TU TE COMPORTES DANS LA VIE QUOTIDIENNE
J'AI DE QUOI ÊTRE INQUIÈTE...
TU VEUX DIRE QUE TU NE RÉAGIRAS PAS COMME ÇA ?
Aïe... Noonn...

LES ENFANTS ONT UNE INTUITION EXTRÊMEMENT FINE
ILS SAVENT SI LEURS PARENTS FONT DES COMPARAISONS, ET S'ILS SONT PLUS OU MOINS AIMÉS
MOI, JE VOUDRAIS QUE TU SOIS FIER D'ÊTRE UNE BELETTE
SINON, ÇA VA M'INQUIÉTER ET JE NE FERAI PAS D'ENFANT
Uuu...
Ubuuu...
AH...
SI NOUS EN AVIONS DISCUTÉ AVANT, TOUT SE SERAIT ARRANGÉ ET NOUS NE NOUS SERIONS PAS RETROUVÉS DANS CETTE SITUATION
MOI AUSSI JE RÉFLÉCHIS, TU VOIS...

BON, RENTRONS
AGRIPPE-TOI À MOI
Je... beux... peunêtre... nya... rri... ver seul...
AH, TU PEUX TENIR DEBOUT
TU ES TRÈS FORT
MON MARI N'EN A PLUS BESOIN
N'EST-CE PAS ?
Be... boin
TU EN AS BESOIN ?
JE VOUS PRIE DE NOUS EXCUSER POUR LE DÉRANGEMENT

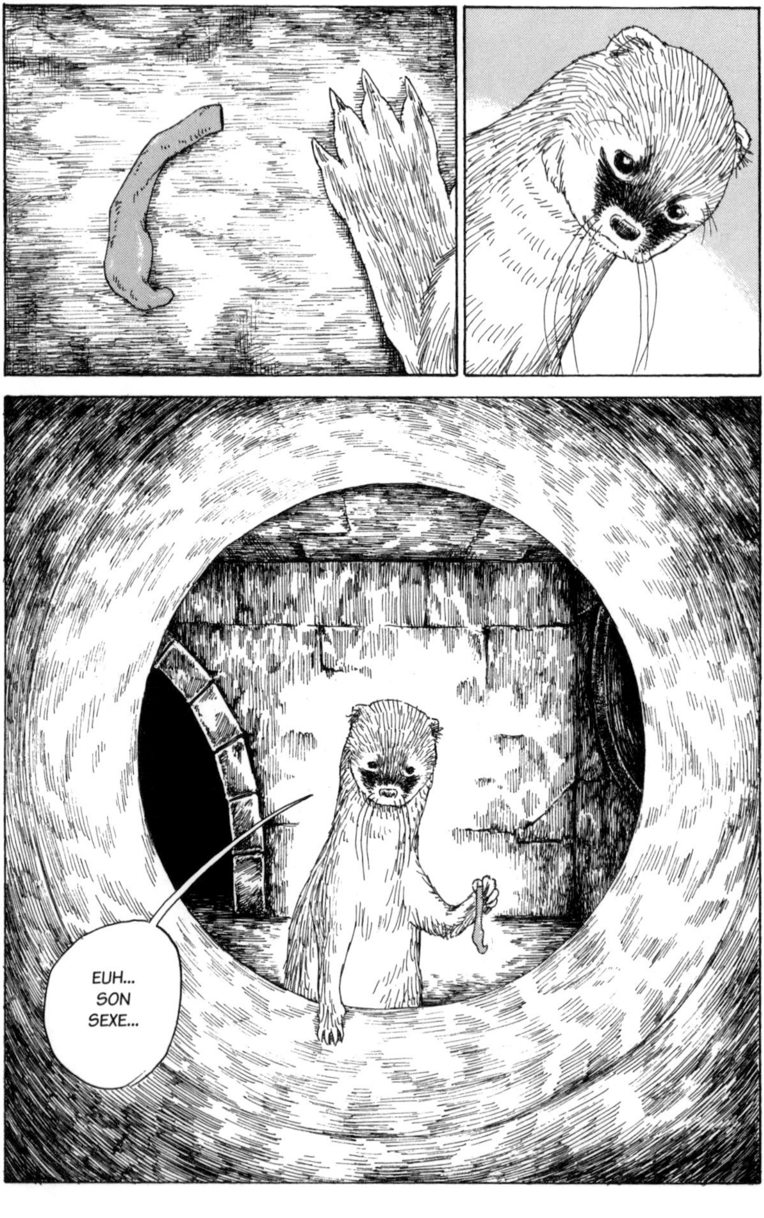
EUH... SON SEXE...

# *L'endurance du jeune* SATORI

CRII
CRII
CRII
HÉ, PROFESSEUR, VOUS AVEZ UNE PETITE AMIE ?
CE N'EST PAS LE GENRE DE QUESTION QU'ON POSE À SON PROFESSEUR
1-A
MAIS VOUS ÊTES CÉLIBATAIRE, NON ?
BON, C'EST LE MOMENT DE RENTRER CHEZ VOUS
RACONTEZ-NOUS JUSTE UN PEU !
PROFESSEUR, VOUS ÊTES RADIN EN CONFIDENCES !

BLAM...
Hi ! Hi ! Hi !
Hé ! Hé ! Hé !
MERCI D'AVOIR ACCEPTÉ DE RESTER APRÈS LA CLASSE
GRU
GRU
DÉSOLÉ DE T'AVOIR FAIT ATTENDRE
SI TU VEUX QUE NOUS PARLIONS TRANQUILLEMENT, C'EST LE MOMENT...
SATORI
Piii...

DE QUOI... VOULEZ-VOUS PARLER... ?
CRII
LES VACANCES D'ÉTÉ APPROCHENT...
CRII
CRII
JE NE PASSE PAS MON TEMPS À SURVEILLER LES ÉLÈVES MAIS...
JE NOTE TOUT DE MÊME QUE TOUT AU LONG DE CE TRIMESTRE...
TU N'AS PAS ÉCHANGÉ UNE SEULE FOIS AVEC UN AUTRE ÉLÈVE...
MAIS... EUH... QUE... QUE VOULEZ-VOUS DIRE... ?
C'EST MOI QUE ÇA REGARDE, NON ?

SI C'EST VRAIMENT CE QUE TU RESSENS, AU FOND DE TON CŒUR, ÇA NE ME DÉRANGE PAS...
MAIS...
JE N'AI PAS L'IMPRESSION QUE TON VÉRITABLE DÉSIR SOIT DE RESTER SEUL...
...
PRO... PROFESSEUR, LE... LE CŒUR DES GENS
VOUS... VOUS LE COMPRENEZ DONC VRAIMENT... !
SATORI, AS-TU UN SOUCI EN CE MOMENT ?
JE... EUH... NON...
ÇA FAIT PLUS DE 10 ANS QUE JE SUIS PROFESSEUR
JE COMPRENDS DONC UN PEU CE QUI SE PASSE DANS LE CŒUR DE MES ÉLÈVES. OU DU MOINS, C'ÉTAIT MON INTENTION...

J'ÉTAIS PROBABLEMENT TROP CONFIANT
IL ME RESTE ENCORE DES CHOSES À APPRENDRE
CETTE DISCUSSION ENTRE TOI ET MOI ARRIVE SANS DOUTE UN PEU TROP TÔT
J'IMAGINE QUE TU VEUX AVANCER À TON PROPRE RYTHME, SATORI
ガタ…
JE REGRETTE D'AVOIR PRIS DE TON TEMPS
JE ME SUIS IMMISCÉ DANS TES AFFAIRES
LOIN DE MOI L'IDÉE DE TE FORCER À OUVRIR TON CŒUR
MAIS...
SI...
TU SOUHAITES TE CONFIER À MOI LE MOMENT VENU...
SACHE QUE JE T'AIDERAI DE TOUTES MES FORCES

A... ATTENDEZ S'IL VOUS PLAÎT... !
CE... CE QUE JE VAIS VOUS RACONTER MAINTENANT...
EST-CE QUE VOUS PROMETTEZ...
DE NE LE RÉPÉTER À PERSONNE ?
GRU
GRU
Grii...
JE TE PROMETS...
QUE ÇA RESTERA ENTRE NOUS
...
EUH... MOI... MOI...

QUAND... JE REGARDE QUELQU'UN EN FACE...
JE PEUX ENTENDRE LA VOIX DE SON CŒUR... !
ET DONC J'AI PEUR... ET JE N'ARRIVE PAS À PARLER À CETTE PERSONNE...
À L'ÉCOLE PRIMAIRE, AU COLLÈGE, J'AI SOUVENT REFUSÉ D'ALLER EN CLASSE...
MAINTENANT QUE JE SUIS AU LYCÉE, JE COMPTAIS FAIRE DES EFFORTS MAIS...
J'AI TOUJOURS AUSSI PEUR...
CETTE... CETTE HISTOIRE, VOUS N'Y CROYEZ PAS, N'EST-CE PAS... ?
...
COMME JE T'AI DIT, JE T'AIDERAI DE TOUTES MES FORCES

JE TE CROIS ET JE VAIS ÉCOUTER LA SUITE DE TON HISTOIRE
QUAND TU PARLES DE CETTE “VOIX DU CŒUR”
TU L'ENTENDS SOUVENT TE DIRE DES CHOSES HORRIBLES ?
CE N'EST PAS ÇA MAIS...
MÊME QUAND C'EST UN TOUT PETIT PEU NÉGATIF, ÇA ME BLESSE...
OUI, CE N'EST PAS SURPRE-NANT
EST-CE QUE TU AS DÉJÀ ÉTÉ CONFRONTÉ À DES PAROLES MÉ-CHANTES OU À DU HARCÈLEMENT ?
NON, ÇA N'EST PAS ARRIVÉ...
MAIS JE SENS BIEN QU'AU FOND D'EUX, ILS ME DÉTESTENT TOUS...
...
MOI, JE...

J'ÉTAIS QUELQU'UN À L'ESPRIT ÉTROIT
JE N'AIMAIS PAS LES GENS AUX IDÉES OU AUX CROYANCES DIFFÉRENTES DES MIENNES...
...?
MAIS J'AI DÉCIDÉ QUE MÊME SI JE N'APPRÉCIAIS PAS QUELQU'UN
JE FERAIS TOUT MON POSSIBLE POUR QUE ÇA NE SE VOIE PAS
LORSQUE J'EN AI PARLÉ À DES COLLÈGUES
ILS M'ONT DIT "TU ES GÉNÉREUX À TA FAÇON"
?
CE QUE JE VEUX TE DIRE...
?
C'EST QUE, MÊME SI TU N'AIMES PAS CERTAINES PERSONNES
TU PEUX, EN ÉVITANT DE MONTRER TES SENTIMENTS, ÉTABLIR CALMEMENT UN LIEN AVEC ELLES
C'EST ÇA, ÊTRE "QUELQU'UN QUI PEUT MENER UNE CONVERSATION"

QUAND TU CONVERSES AVEC QUELQU'UN, PEU IMPORTE QUE TON RESSENTI SOIT POSITIF OU NÉGATIF
LE MIEUX EST PEUT-ÊTRE D'ESSAYER DE POURSUIVRE LA CONVERSATION EN UTILISANT TA RAISON PLUTÔT QUE TON CŒUR. QU'EN PENSES-TU ?
ÇA VEUT DIRE QUE JE NE DOIS PAS TENIR COMPTE DE LA VOIX DE LEUR CŒUR ?
IL NE S'AGIT PAS D'EN TENIR COMPTE OU PAS, IL S'AGIT DE LA TOLÉRER
LES GENS ÉPROUVENT DES SENTIMENTS NÉGATIFS AU SUJET DES CHOSES QU'ILS NE COMPRENNENT PAS
L'UN DE MES MEILLEURS AMIS EST QUELQU'UN AVEC QUI JE PENSAIS NE PAS M'ENTENDRE AU DÉBUT
...
MÊME QUAND VOUS L'EXPLIQUEZ COMME ÇA... C'EST TOUT DE MÊME DIFFICILE... JE N'Y ARRIVE PAS...
VEUX-TU T'ENTRAÎNER AVEC MOI ?
!

D'HABITUDE, J'INTERAGIS POLIMENT AVEC LES GENS
JE NE LAISSE PAS MON MÉCONTENTEMENT FRANCHIR MES LÈVRES
POUR CE TYPE D'ENTRAÎNEMENT, JE SUIS LA PERSONNE IDÉALE
MAIS... MAIS...
JE VAIS PROBABLEMENT APPRENDRE DES CHOSES HONTEUSES QUE VOUS CACHEZ... !
ÇA M'INQUIÈTE UN PEU MAIS...
SI C'EST POUR T'AIDER, ÇA VAUT LA PEINE DE FOURNIR UN EFFORT
...
VOUS ÊTES VRAIMENT SÛR... ?
BOM
BOM
BOM
BOM BOM
BON, MAINTENANT...
J'ATTENDS QUE TU ME REGARDES DROIT DANS LES YEUX

COMME JE M'Y ATTENDAIS...
J'AI PEUR...
SATORI
QUE SE PASSE-T-IL ?
JE SUIS TON ALLIÉ
OUPS
TU VEUX QUE JE TE DÉFONCE LA GUEULE ?
PETIT MERDEUX...
HEIN... ? QUOI... ? JE CROIS QUE J'AI ENTENDU UNE VOIX... AU DEHORS
MOI, JE N'AI RIEN ENTENDU
AH... ? ALORS...

TU FAIS CHIER, BORDEL, MAGNE-TOI... AAAAAAH....
J'ÉCOUTE TES CONNERIES, MAIS BON...
MERDE DE MERDE DE MERDE DE MERDE !
ÇA VA TE PRENDRE COMBIEN DE TEMPS JUSTE POUR QU'ON ÉCHANGE UN REGARD, HEIN ? JE SUIS OCCUPÉ, MOI
AH, ENFIN, NOUS NOUS REGARDONS DANS LES YEUX
ÉCHANGER UN REGARD, HEIN ? ÉCHANGER UN REGARD, OUAIS ? C'EST MA QUANTITÉ DE TRAVAIL ET MON SALAIRE QUI N'ÉCHANGENT ABSOLUMENT AUCUN REGARD, EN FAIT ! C'EST VRAI, QUOI !
RAAH....
JE SUIS ÉNERVÉ
SATORI
BIENTÔT, JE SERAI EN RAGE
J'AI ENVIE DE T'EN COLLER UNE BONNE
HAAAAAAAAA !! HAAAAAAAA !!

SA-TORI...
QU'EST-CE QUI T'ARRIVE ?
BLONG
TOUT VA BIEN... ?
C'ÉTAIT QUOI CETTE GUEULANTE, CRÉTIN ? T'ES COMME TOUS CES NAZES QUI VEULENT SE FAIRE REMARQUER
TU VEUX QUE JE TE BALANCE UN COUP DE LATTE DANS LA TRACHÉE, HEIN ?
SATORI...
N'AP-PROCHEZ PAS !
N'AP-PRO-CHEZ PAS !
QUELLE VOIX ENTENDS-TU ?
CHIEUR DE MERDE... TU VEUX QUE JE RENTRE DANS TON DÉLIRE PARANOÏAQUE...
UN COUP À LA TRA-CHÉE... ?!
JE NE SUIS PAS PARA-NOÏAQUE... !
PRO... PRO-FESSEUR... VOUS AVEZ DES INTENTIONS AGRES-SIVES !!
... JE N'AI AUCUNE INTENTION AGRESSIVE
JE TE L'AI DIT, JE SUIS TON ALLIÉ
HÉ, HO ! SÉRIEUSEMENT, LÀ !! IL PEUT VRAIMENT ENTENDRE LA VOIX DE MON CŒUR !! C'EST TROP FLIPPANT !! PAR QUEL MÉCANISME ?! IL FAUT QUE QUELQU'UN LUI BRISE LA TÊTE... POUR ÉTUDIER SA MATIÈRE GRISE... APRÈS ÇA, ON LA METTRA DANS LE FORMOL
OOOH... OOOH...

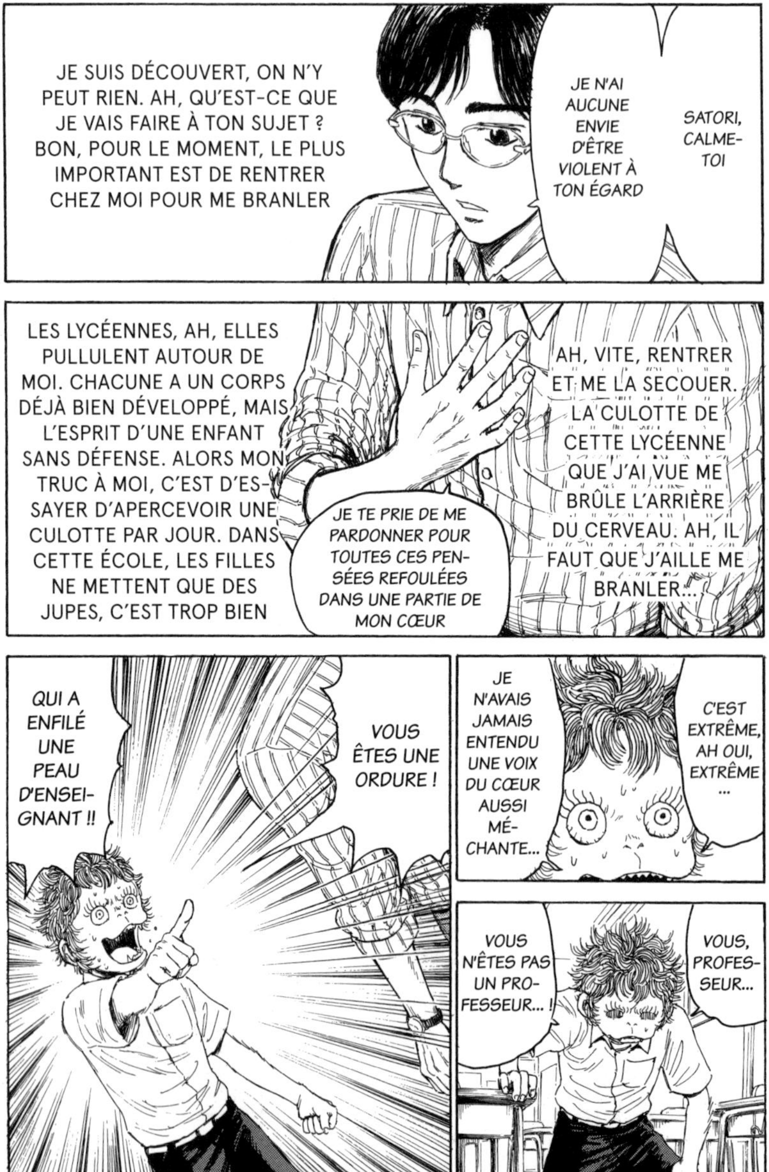
SATORI, CALME-TOI
JE N'AI AUCUNE ENVIE D'ÊTRE VIOLENT À TON ÉGARD
JE SUIS DÉCOUVERT, ON N'Y PEUT RIEN. AH, QU'EST-CE QUE JE VAIS FAIRE À TON SUJET ? BON, POUR LE MOMENT, LE PLUS IMPORTANT EST DE RENTRER CHEZ MOI POUR ME BRANLER
AH, VITE, RENTRER ET ME LA SECOUER. LA CULOTTE DE CETTE LYCÉENNE QUE J'AI VUE ME BRÛLE L'ARRIÈRE DU CERVEAU. AH, IL FAUT QUE J'AILLE ME BRANLER...
JE TE PRIE DE ME PARDONNER POUR TOUTES CES PENSÉES REFOULÉES DANS UNE PARTIE DE MON CŒUR
LES LYCÉENNES, AH, ELLES PULLULENT AUTOUR DE MOI. CHACUNE A UN CORPS DÉJÀ BIEN DÉVELOPPÉ, MAIS L'ESPRIT D'UNE ENFANT SANS DÉFENSE. ALORS MON TRUC À MOI, C'EST D'ESSAYER D'APERCEVOIR UNE CULOTTE PAR JOUR. DANS CETTE ÉCOLE, LES FILLES NE METTENT QUE DES JUPES, C'EST TROP BIEN
C'EST EXTRÊME, AH OUI, EXTRÊME...
JE N'AVAIS JAMAIS ENTENDU UNE VOIX DU CŒUR AUSSI MÉCHANTE...
VOUS, PROFESSEUR...
VOUS N'ÊTES PAS UN PROFESSEUR... !
VOUS ÊTES UNE ORDURE !
QUI A ENFILÉ UNE PEAU D'ENSEIGNANT !!

C'EST UN CHOC POUR MOI. ET CELA ME BLESSE...
C'EST LE GENRE DE PROBLÈME TYPIQUE QU'AFFRONTENT LES PROFESSEURS. DU CÔTÉ DE L'ÉCOLE, LA RÈGLE C'EST QU'ON EST ENCHAÎNÉS. ON N'A DROIT À AUCUNE INITIATIVE ET ON DOIT TRAVAILLER À FOND
MAIS MOI, JE NE RENONCE PAS À DIALOGUER AVEC TOI
FACE À ÇA, LES INDIVIDUS COMME MOI QUI VEULENT SE BRANLER DOIVENT ÉTABLIR DES RÈGLES EUX AUSSI... DU CÔTÉ DES BRANLEURS, LA RÈGLE, C'EST QU'ON DOIT SE BRANLER À FOND...
OUAIS, À FOND...
MAIS...
ARRÊTEZ !
...
J'AI COMPRIS... JE PROPOSE QUE NOUS ARRÊTIONS LÀ NOTRE DISCUSSION POUR AUJOURD'HUI...
SI TU AS BESOIN D'AIDE
REVIENS ME VOIR
JE GARDERAI LE SECRET, CROIS-MOI

SE BRANLER SUR TOUTES LES FILLES
!?
!
?
JE ME BRANLE TOUT SEUL
QU... QU'EST-CE QUE C'EST... !?
ELLES ME DONNENT TOUTES ENVIE DE ME TAPER UNE BRANLETTE... CELLES QUI SONT EN PREMIÈRE ANNÉE... CELLES QUI SONT EN SECONDE... ET EN TROISIÈME... CELLES QUI SONT DÉJÀ DIPLÔMÉES... TOUTES ME FONT FANTASMER... SANS EXCEPTION
ALORS QU'IL N'EST PLUS LÀ, COMMENT SE FAIT-IL QUE J'ENTENDE ENCORE LA VOIX DE SON CŒUR DANS MA TÊTE !?
MÊME SI JE ME BRANLE, OUI MÊME SI JE ME BRANLE, JE N'EN AI JAMAIS ASSEZ.... MÊME SI JE ME BRANLE, MÊME SI JE ME BRANLE MÊME SI JE ME BRANLE, MÊME SI JE ME BRANLE MÊME SI JE ME BRANLE, MÊME SI JE ME BRANLE MÊME SI JE ME BRANLE, MÊME SI JE ME BRANLE MÊME SI JE ME BRANLE, MÊME SI JE ME BRANLE
SA VOIX QUI TOURNE EN BOUCLE DANS MES OREILLES...
ÇA C'EST ...
MÊME SI JE ME BRANLE
UNE TELLE MALVEILLANCE...
MÊME SI JE ME BRANLE
MÊME SI JE ME BRANLE
C'EST TERRIFIANT... !
MÊME SI JE ME BRANLE
AAH
AAH
AAH

BONJOUR
IL FAIT ENCORE CHAUD AU-JOURD'HUI
ÇA NE VA PAS ! J'AI OUBLIÉ MES AFFAIRES DE GYM
T'AS QU'À ALLER À LA PISCINE
SATORI...
EUH, SATORI...
EUH... HA !?
ZIP
TOUTE LA CLASSE A DÉCIDÉ DE FAIRE UN BARBECUE PENDANT LES VACANCES D'ÉTÉ
ET TOI, SATORI, TU... ?

AH, COMMENT FAIRE ? JE ME SUIS ADRESSÉE À LUI DE FAÇON TROP SOUDAINE, ÇA DOIT L'EMBÊTER...
SI ÇA SE TROUVE... IL NE M'AIME PAS...
CE N'EST PAS QUE JE NE T'AIME PAS
HEIN ?
AH... EUH... JE VEUX DIRE... J'AIME BIEN LES BARBECUES
JE... JE VOUDRAIS BIEN Y PARTICIPER... !
AH, TRÈS BIEN. DONNE-MOI TON NUMÉRO
HEIN... OUI...
QUAND TOUT SERA DÉCIDÉ, JE TE PRÉVIENDRAI
DIING
DOONG
DIING
DOONG
DIING
DOONG
QU'EST-CE QUE... ?
DIING
AH, LA SONNERIE DES COURS...
IL FAUT QUE JE ME DÉPÊCHE...
DONG

BONJOUR SATORI
!!
LA DERNIÈRE FOIS, J'ÉTAIS UN PEU INQUIET, TU N'AVAIS PAS L'AIR BIEN
LÀ, TU SEMBLES EN PLEINE FORME. BONNE NOUVELLE
JE VIENS DE VOIR...
QUE TU AS PRO-GRESSÉ
CE CRÉTIN A DONNÉ SON NUMÉRO DE TÉLÉPHONE À UNE ÉLÈVE. C'EST QUOI, CETTE HISTOIRE ? ÇA DOIT LE FAIRE BANDER. IL VA BIENTÔT FILER SE BRANLER AUX TOILETTES. MAIS NON, ÇA NE VA PAS... LA SONNERIE DE DÉBUT DES COURS VA BIENTÔT RETENTIR... ET DONC, IL NE POURRA PAS Y ALLER...
HÉ, TOI, TU ES COMPLÈ-TEMENT DÉRANGÉ
JE VAIS LE DIRE À TOUT LE MONDE !!
CECI...
EST TOUT À FAIT INADMIS-SIBLE

IL EST TRÈS IMPORTANT QUE LE CŒUR DES GENS, QUELLE QUE SOIT LA PERSONNE CONCERNÉE, RESTE UN DOMAINE DE LIBERTÉ
!
CELA VA À L'ENCONTRE DE MES DROITS
C'EST UN DRESSAGE. ICI, C'EST UN ESPACE D'ENTRAÎNEMENT OÙ L'ON VOUS FORME À NE PAS DÉFIER LE SYSTÈME ÉLABORÉ PAR LA SOCIÉTÉ. POUR DEVENIR UNE DENT DANS CET ENGRENAGE DE CHAIR, PRÉPARE-TOI À ÊTRE SOUMIS À UN CONDITIONNEMENT, CONDITIONNEMENT, CONDITIONNEMENT, CONDITIONNEMENT... À FOND !
APPRENONS ENSEMBLE
TOI, TU NE VEUX PAS DEVENIR UNE PERSONNE IGNORANTE DES DROITS DE L'HOMME
...
AH...
BON, COMMENÇONS LE COURS
I-A

Le sang de
la rivière

MAMAN
PAPA
MOI...
EST-CE QUE JE SUIS VRAIMENT UN KAPPA ?

QU'EST-CE QUE TU RACONTES ? BIEN SÛR QUE TU ES UN KAPPA
TOUT À FAIT
L'ENFANT DE MAMAN ET DE PAPA NE PEUT ÊTRE QU'UN KAPPA
... MAIS...
ON T'A DIT QUELQUE CHOSE À L'ÉCOLE ?
CEUX QUI N'ONT PAS LE CRÂNE EN FORME DE SOU-COUPE NE SONT PAS DES KAPPAS
ÇA, C'EST UNE VIEILLE FAÇON DE PEN-SER !
DES KAPPAS, IL Y EN A DE TOUTES SORTES
CERTAINS N'ONT PAS DE CARA-PACE
D'AUTRES N'ONT PAS DE TÊTE-SOU-COUPE. IL N'Y A RIEN D'ÉTRANGE LÀ-DEDANS
IL NE FAUT PAS FAIRE ATTENTION À CE QUE RACONTENT LES AUTRES
NE PAS AVOIR DE SOUCOUPE N'EST PAS UNE FAIBLESSE
TOI, TU ES TOI...
NOTRE MIGNON PETIT EN-FANT...

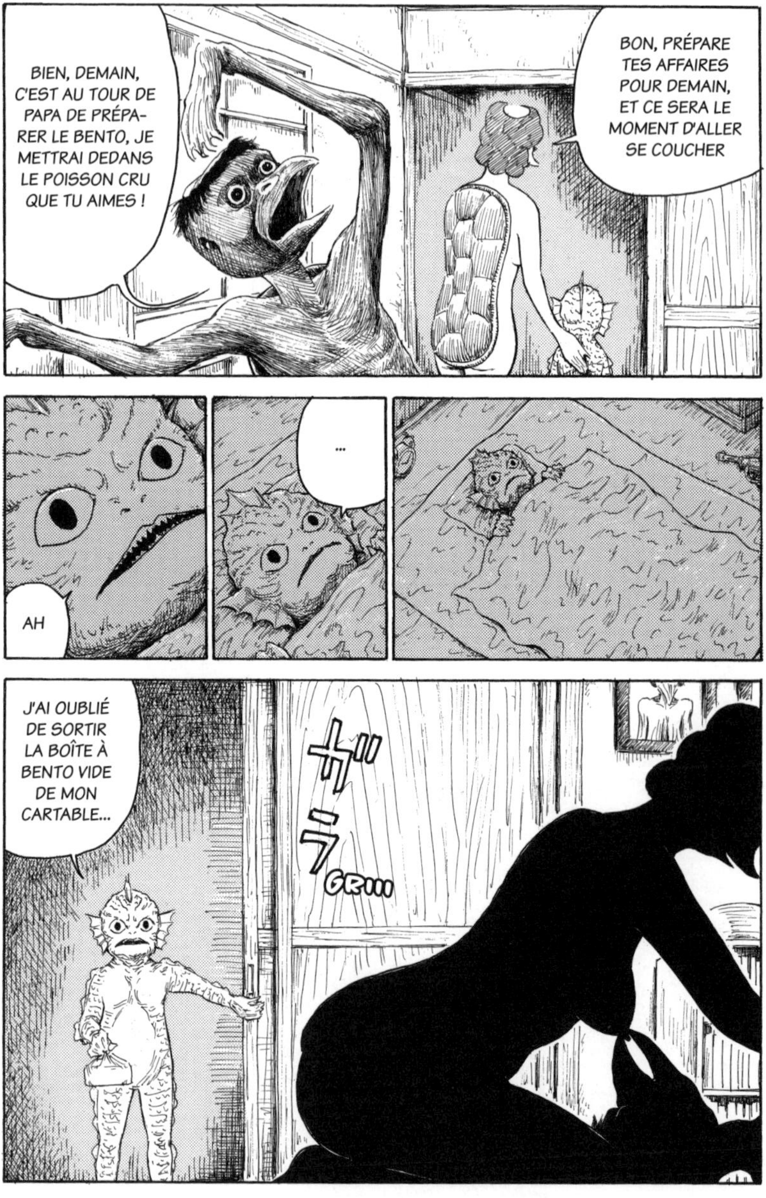
BON, PRÉPARE TES AFFAIRES POUR DEMAIN, ET CE SERA LE MOMENT D'ALLER SE COUCHER
BIEN, DEMAIN, C'EST AU TOUR DE PAPA DE PRÉPARER LE BENTO, JE METTRAI DEDANS LE POISSON CRU QUE TU AIMES !
...
AH
J'AI OUBLIÉ DE SORTIR LA BOÎTE À BENTO VIDE DE MON CARTABLE...
ガラ
GRIII

ÇA NE VA PAS DU TOUT, JE VAIS LES MOUILLER TOUT DE SUITE !
AH, CHÉRI, LES COUSSINS SONT SECS !
チチチ
チチ
Bzii Bzii Bzii
Bzii Bzii
FAUx KAPPA !
FAUx KAPPA !
FAUx KAPPA !
FAUx KAPPA !

*Dans la mythologie japonaise, le kappa, ou « génie de l'eau », aime manger cette petite boule logée dans l'anus des humains et qui concentre leur âme.

HÉ, L'IMITATION !
ZIP
TU TE PRENDS POUR QUI ?!
REGARDEZ CE MACHIN MERDIQUE QUI MANGE DU SASHIMI !
CROUNCH
CROUNCH
CROUNCH
CROUNCH
CROUNCH
CROUNCH
TU SERAIS PAS EN TRAIN DE MANGER TON BENTO EN DOUCE ?
...
Moi, je ne mange pas quelque chose préparé par les parents d'un autre
Ouais, c'est bon !
C'est bon !
ON PEUT GOÛTER ?
MOI AUSSI !
MOI AUSSI !
MOI AUSSI !

EN INVOQUANT LA FORCE SUPRA DIVINE, ON PEUT UTILISER L'EAU AVEC UNE GRANDE LIBERTÉ
CELA DEVRAIT VOUS SERVIR PLUS TARD
SUPER
スゲー
C'EST UN AVANTAGE LORS D'UNE RECHERCHE D'EMPLOI
MAIS C'EST ÉGALEMENT UN ATOUT TOUT AU LONG DE LA VIE
MAINTENANT, NOUS ALLONS TOUS TRAVAILLER SUR LES FONDAMENTAUX AVEC ASSIDUITÉ
...
... Tsss

Fais un effort !
Courage !
Allez, vas-y !
OUI, OUI
SI L'UN D'ENTRE VOUS N'Y ARRIVE PAS, C'EST TRÈS BIEN DE TOUS S'ENTRAIDER AFIN D'APPRENDRE EN FAISANT
Allez ! Vas-y !
C'EST TRÈS BIEN
SANS AUCUN DOUTE, QUAND VOUS SEREZ TOUS GRANDS, CE PAYS SERA ENCORE MEILLEUR GRÂCE À VOUS...
COÂÂ
COÂÂ
COÂÂ
COÂÂ
BON, L'HEURE EST VENUE POUR CHACUN DE RENTRER CHEZ SOI
COÂÂ
COÂÂ
COÂÂ
COÂÂ
FAITES ATTENTION SUR LA ROUTE DU RETOUR
Au revoir, professeur !
Oui, oui, au revoir

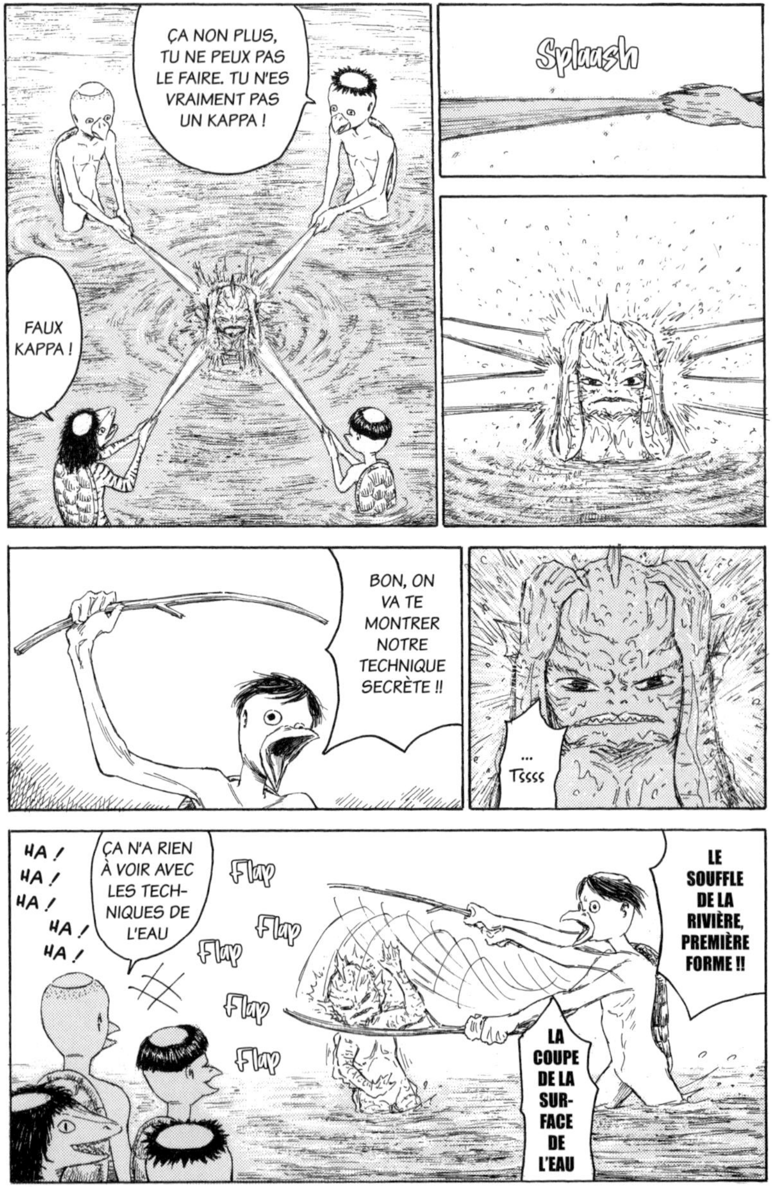
ÇA NON PLUS, TU NE PEUX PAS LE FAIRE. TU N'ES VRAIMENT PAS UN KAPPA !
FAUX KAPPA !
Splaash
BON, ON VA TE MONTRER NOTRE TECHNIQUE SECRÈTE !!
... Tssss
LE SOUFFLE DE LA RIVIÈRE, PREMIÈRE FORME !!
LA COUPE DE LA SURFACE DE L'EAU
Flap
Flap
Flap
Flap
Flap
HA ! HA ! HA ! HA ! HA !
ÇA N'A RIEN À VOIR AVEC LES TECHNIQUES DE L'EAU

Plif
Plif
Plif
Merde
CLANG
C'EST QUOI ?
Plif
Plif
HA !
UN PIS-TOLET
HAHA
CREVEZ
LES KAPPAS !

J'AI RA-MASSÉ UN TRUC BIEN
PAN
PAN
PAN
PAN
JE JOUERAI À LA BAGARRE AVEC PAPA
!?

... HÉ, LE VIEUX...
T'ES QUI... ?
!
TU ES BLESSÉ... ?
HEIN... QUOI ? TU ES UN ÉTRANGER, LE VIEUX ?
ガバッ
SWAAP
WAOUH !
DIS, LE VIEUX, TU M'ÉTOUFFES LÀ...

QUOI... ?
QU'EST-CE QUE TU DIS ? JE NE COMPRENDS RIEN... !
HO, LE VIEUX, TU ME FAIS PEUR !!
AR-RÊTE... !
LÂCHE-MOI...
FLOOOF
Maman !
Papa !

MA-
MAN !
PAPA !
PERSONNE N'EST ENCORE RENTRÉ...
DU SANG...
...
CE VIEUX, IL VA S'EN SORTIR... ?
ZAAP
JE SUIS SÛR QU'IL Y A DU DÉSIN-FECTANT POUR BLESSURE
AH, C'EST ÇA ! PAPA S'EN MET SOUVENT
Lotion
Élixir

!
IL EST VRAIMENT MORT ?
SOYONS PRUDENTS !
SELON NOS INFORMATIONS, IL ÉTAIT ARMÉ
IL S'ÉTAIT ÉCHAPPÉ DU CAMP D'INTERNEMENT...
IL NE SEMBLE PAS ÊTRE ARMÉ
C'EST VRAIMENT UNE AFFAIRE STUPIDE. S'IL ÉTAIT RENTRÉ TRANQUILLEMENT DANS SON PAYS, ON N'EN SERAIT PAS ARRIVÉ LÀ
HÉ, IL Y EN A UN AUTRE COMME LUI ! LÀ !

AH...
AH...
AH...

Ka SÉCU
Bureau de la Sécurité du pays kappa
OOOOOHHHH
AAAAAAAHHH
RAA
RAA
RAA
UAAAAAA

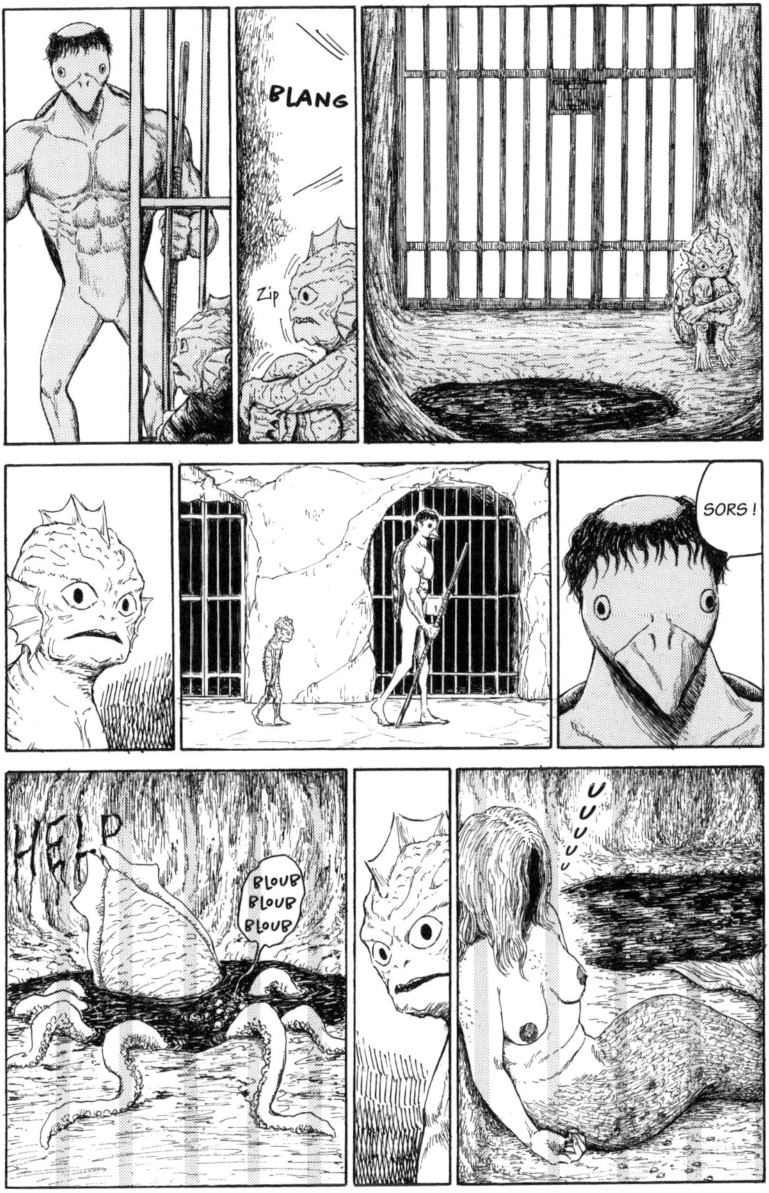
BLANG
Zip
SORS !
HELP
BLOUB
BLOUB
BLOUB
UUUUUUU

SI TU PARLES, TU TE RETROUVES ICI
ON EST BIEN D'ACCORD ? TU NE PARLES À PERSONNE DE CE QUE TU AS VU
IL A EU PEUR. IL EST TOUT TREMBLANT
TOUT EST ARRANGÉ, RENTRONS À LA MAISON...
MA-MAN !
PAPA !

GNIA ! GNIA ! GNIA !
GNIA ! GNIA ! GNIA !
MAIS NOUS DEVONS FAIRE NOTRE TRAVAIL SÉRIEUSE-MENT !
COMMENT SE FAIT-IL QUE NOTRE ENFANT SE SOIT RETROUVÉ DANS CET ENDROIT HORRIBLE ? C'EST INADMISSIBLE !
AH
AU FAIT, VOTRE ENFANT AVAIT ÇA SUR LUI
JE VOUS LE RENDS
BON, ÇA SUFFIT, RENTRONS
IL EST TOUT MALHEU-REUX
EN L'UTILISANT, VOUS POURRIEZ EN FABRIQUER UN SECOND, NON ?
Lotion
ET, CETTE FOIS-CI, EN FAIRE UN QUI NOUS RES-SEMBLE...
HA ! HA ! HA ! HA ! HA !

EST-CE QU'IL NE VAUDRAIT PAS MIEUX LUI DIRE LA VÉRITÉ ?
C'EST ENCORE UN PEU TÔT
SI ON LUI DIT, IL AURA UNE RÉACTION EXCESSIVE
C'EST POSSIBLE MAIS...
C'EST COMME ÇA !
LA FAÇON GENTILLE D'EXTRAIRE LES SHIRIKODAMA
COÂÂ
HÉ, DIS DONC TOI, TU T'ES FAIT ARRÊTER
C'EST LA RUMEUR EN VILLE !

NON SEULEMENT C'EST UN FAUX MAIS, EN PLUS, C'EST UN CRIMINEL
BON, ALORS QU'EST-CE QUE TU FAIS, HEIN ?
...
BOM
ALLEZ, DIS-NOUS !
PLOUFFFF
ZIP
QU'EST-CE QUE T'AS À NOUS REGARDER FIXEMENT
TU TE PRENDS POUR QUI ?
C'EST UN CRIMINEL ?
OUI, C'EST UN CRIMINEL, IL FAUT LE PUNIR
BONNE IDÉE
ON FAIT COMMENT ?
ENTRAÎNONS-NOUS À ENLEVER LA *SHIRIKODAMA*

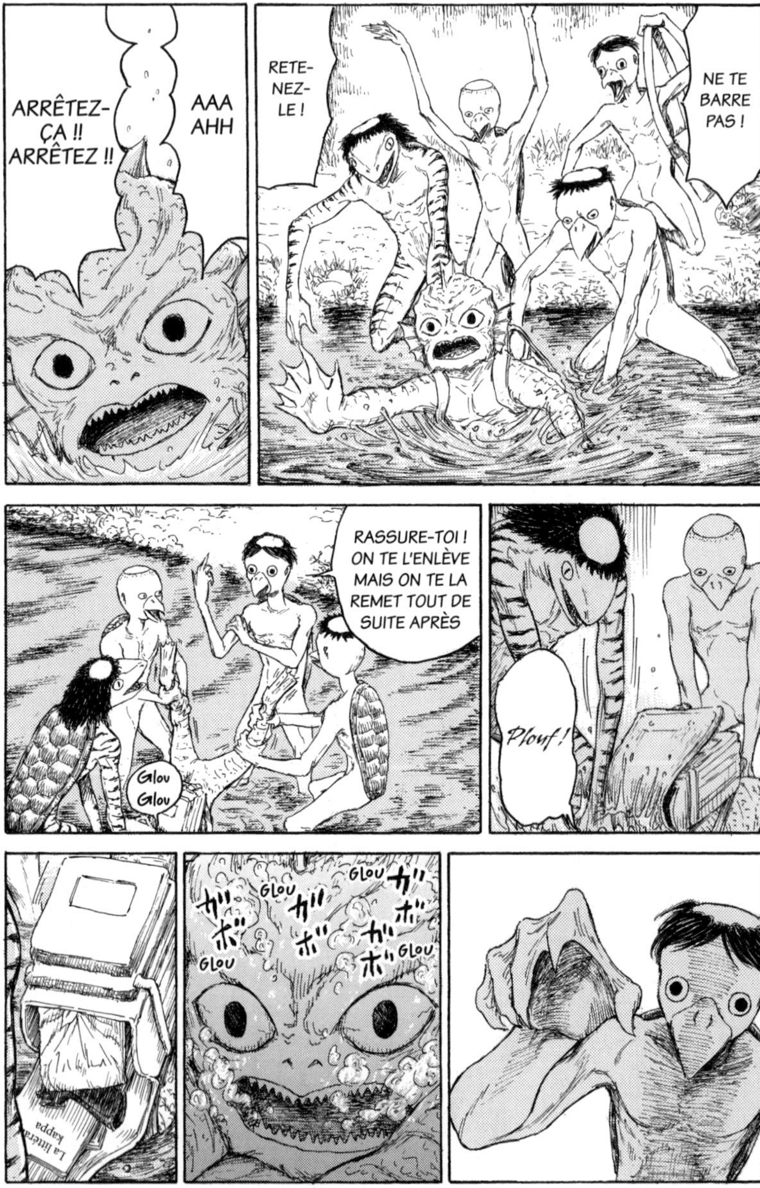
NE TE BARRE PAS !
RETENEZ-LE !
AAA AHH
ARRÊTEZ-ÇA !! ARRÊTEZ !!
Plouf !
RASSURE-TOI ! ON TE L'ENLÈVE MAIS ON TE LA REMET TOUT DE SUITE APRÈS
Glou Glou
GLOU ガボ
GLOU ガボ
GLOU ガボ
GLOU ガボ

QU'EST-CE QUE VOUS FABRIQUEZ ?
AH, VOUS TOUS...
LE PROF ARRIVE !
HÉ !
C'EST ÇA... ? OU BIEN ÇA... ?
APRÈS LE COURS, RASSEMBLEZ-VOUS
ON S'ENTRAÎNERA AUX TECHNIQUES DE L'EAU
AH OUAIS ! C'EST INTÉRESSANT
BLOUB
BLOB
BLOUB
SPLASH
SPLISH
SPLASH
SPLASH

HEIN ?
LUI AUSSI EST PARVENU À UTILISER LES TECHNIQUES DE L'EAU ?
QUOI ?!
BAAAAM
ZAAAM

RU-KAWA !
HÉ ! RUKAWA !
OH, RUKAWA, RELÈVE-TOI !
AH...
Gloups
ZWIIPP
J'AI MAL ! OOOO-OOHH...
C'EST UN VRAI PISTOLET !!
CLAIREMENT, C'EST UN CRIMINEL !!
C'EST QUOI, ÇA ?
SI ÇA AVAIT ATTEINT SA SOUCOUPE, IL SERAIT MORT... !
PROFESSEUR, À L'AIDE !
CE N'EST PAS UNE CHOSE POUR LES ENFANTS
DONNE-LA-MOI !

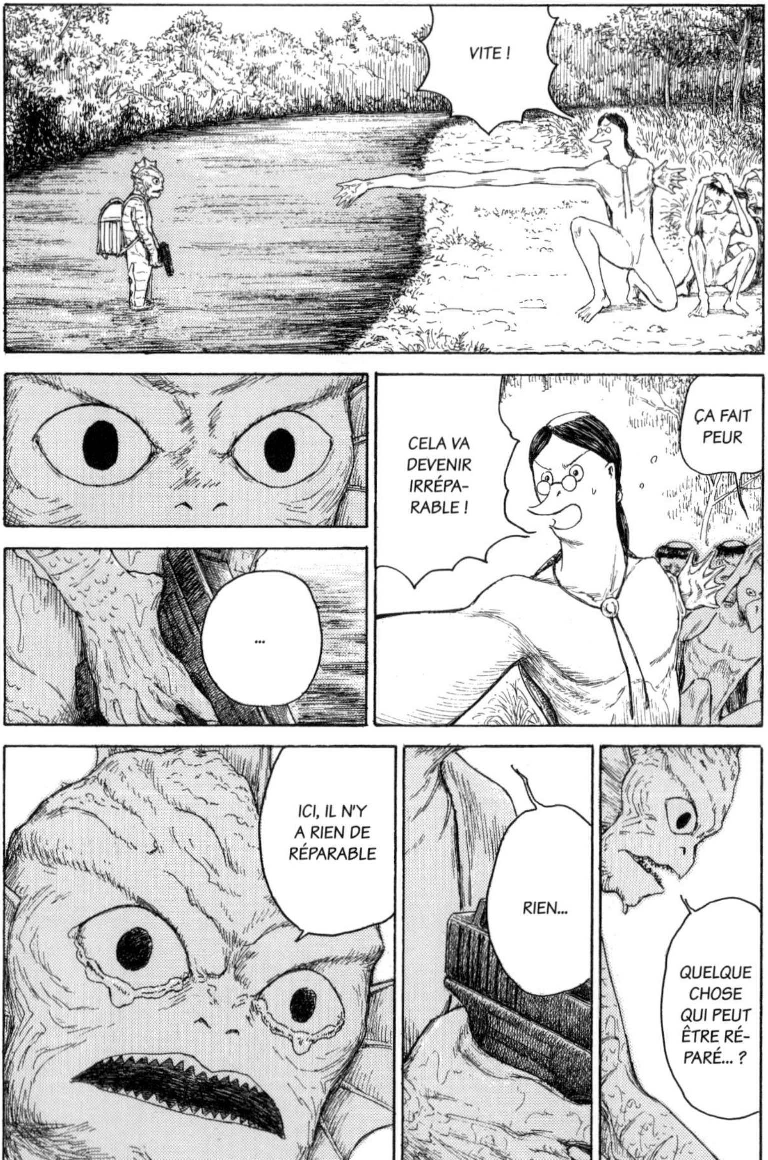
VITE !
CELA VA DEVENIR IRRÉPARABLE !
ÇA FAIT PEUR
...
ICI, IL N'Y A RIEN DE RÉPARABLE
RIEN...
QUELQUE CHOSE QUI PEUT ÊTRE RÉPARÉ... ?

PLOUFFF

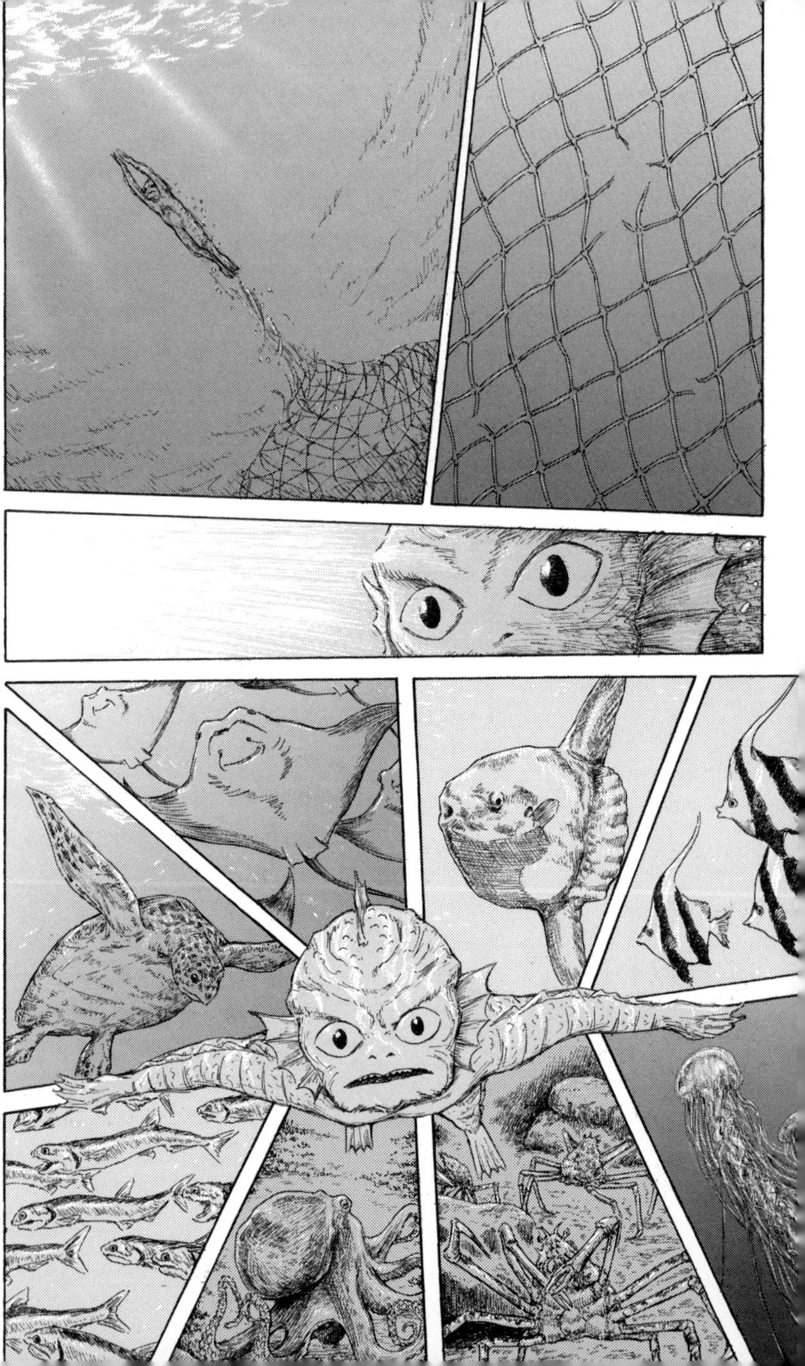

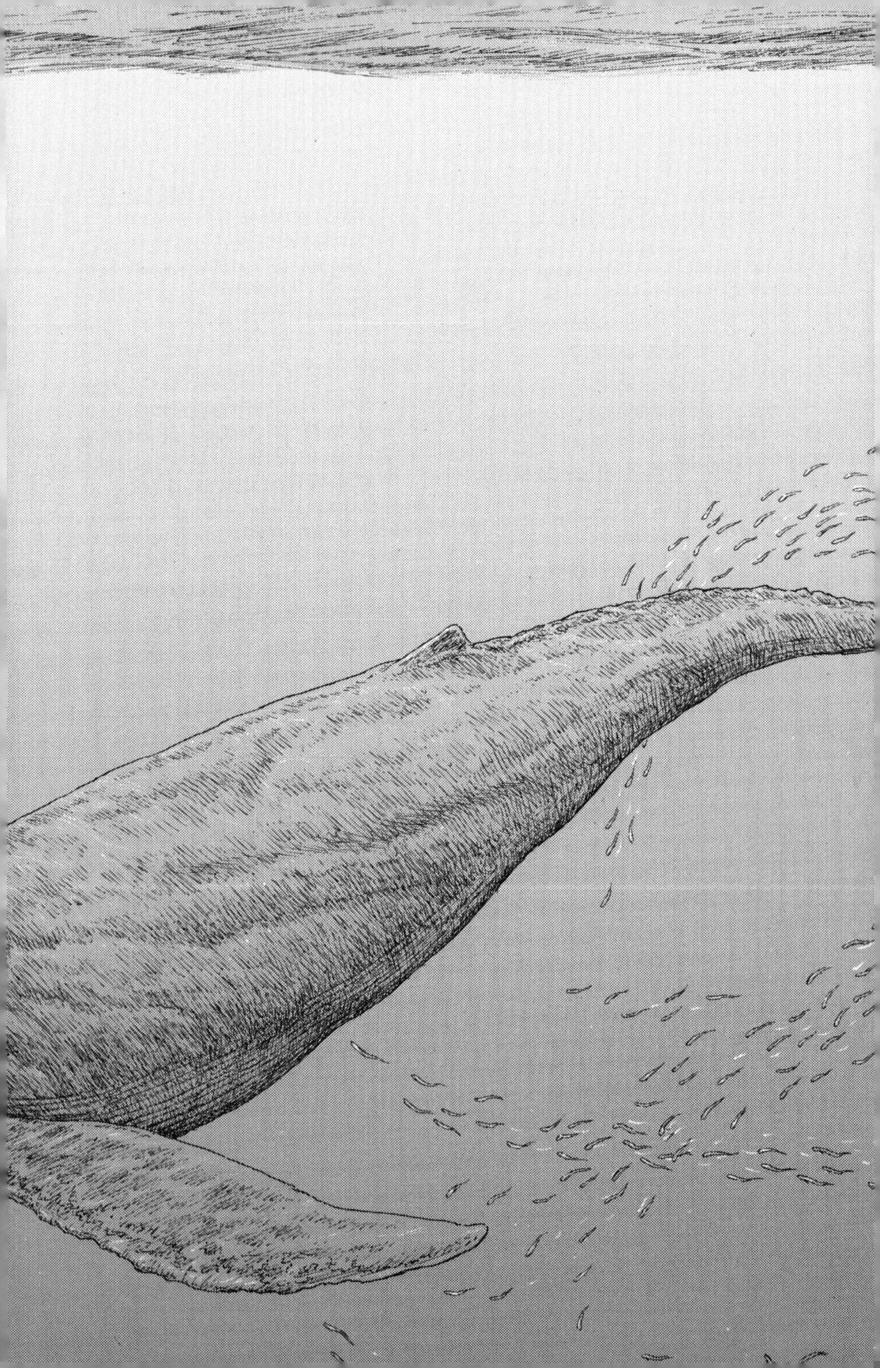

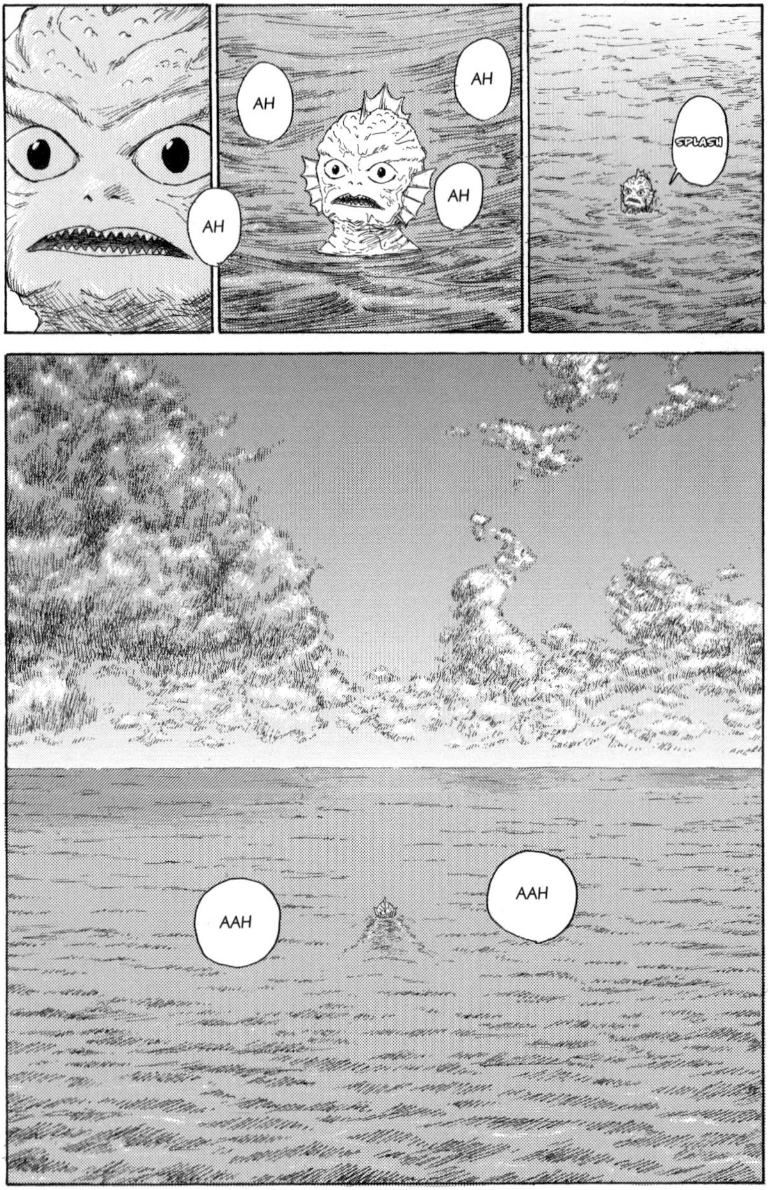
AH
AH
AH
AH
SPLASH
AAH
AAH

# Le chat manquant

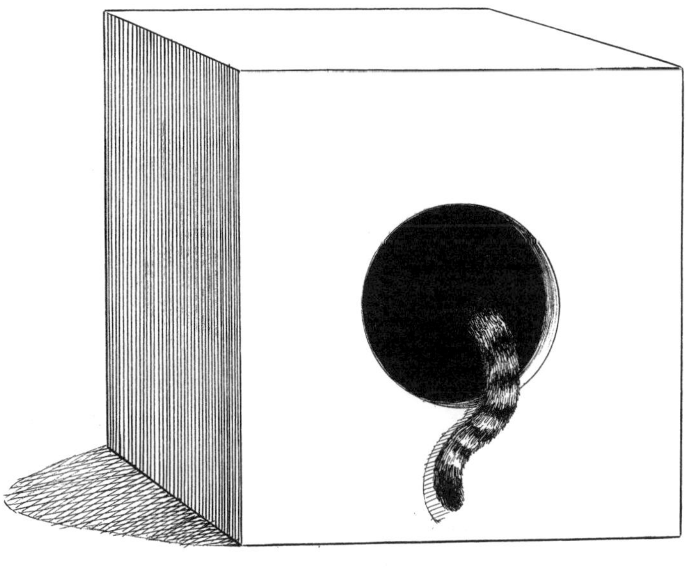

JE ME SUIS RENDU COMPTE QU'ON NE VOYAIT PLUS CETTE CHATTE, CES DERNIERS TEMPS
POUR UNE RAISON QUELCONQUE, ELLE VIT RECLUSE DANS CETTE BOÎTE
NOUS NOUS SOMMES RASSEMBLÉS POUR L'ENCOURAGER À EN SORTIR

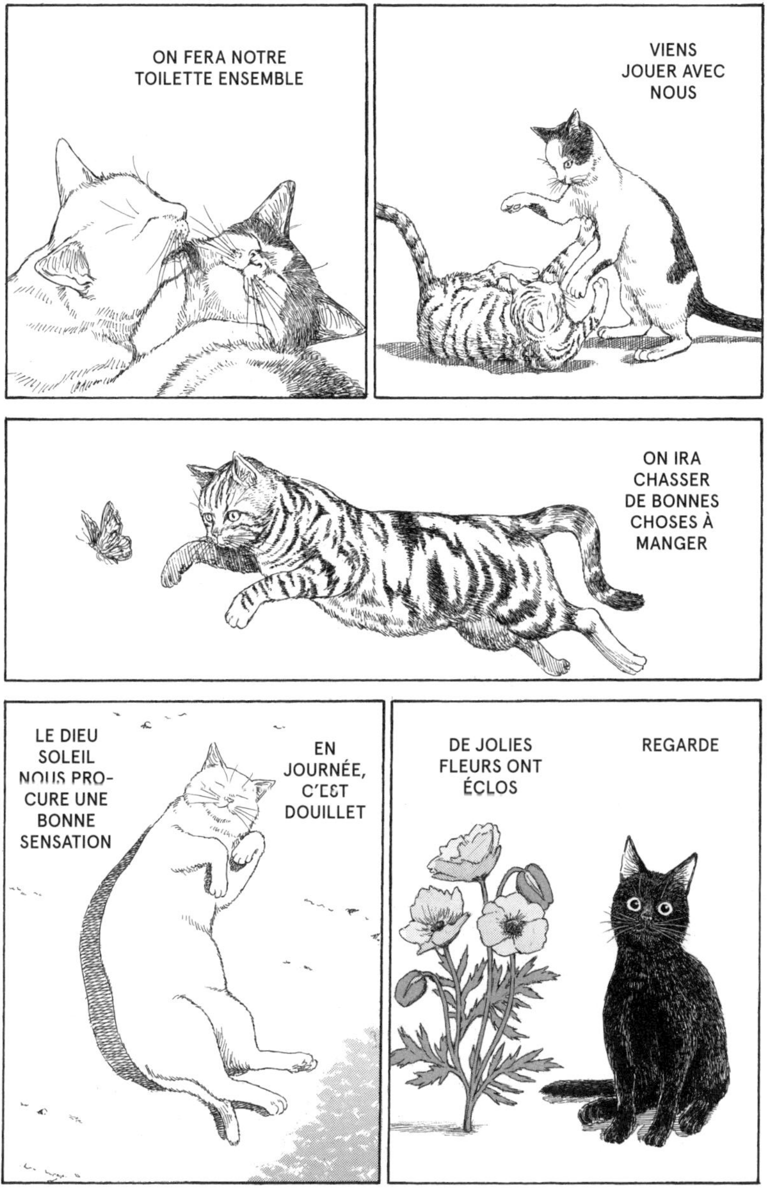

ON FERA NOTRE TOILETTE ENSEMBLE
VIENS JOUER AVEC NOUS
ON IRA CHASSER DE BONNES CHOSES À MANGER
LE DIEU SOLEIL NOUS PRO-CURE UNE BONNE SENSATION
EN JOURNÉE, C'EST DOUILLET
DE JOLIES FLEURS ONT ÉCLOS
REGARDE

JE CROIS QU'ON EST UN PEU TIÈDES DANS NOTRE FAÇON DE FAIRE
ELLE NE MONTRE AUCUN SIGNE DE VOU-LOIR SORTIR
ON A BEAU LUI DIRE TOUS LA MÊME CHOSE
DIT-IL EN PRENANT UN AIR IMPORTANT...
CETTE FOIS-CI, JE VAIS LUI PARLER EN Y METTANT LE POIDS
ÇA, ÇA FAIT LONGTEMPS QUE JE LE SAIS...
HÉ ! JE NE SAIS PAS CE QUI S'EST PASSÉ POUR TOI
MAIS SACHE QUE, DANS LA VIE, IL ARRIVE TOUJOURS DES CHOSES DÉSAGRÉABLES

TU CROIS VRAIMENT ÊTRE LA SEULE À AVOIR DES PROBLÈMES ?
TU FAIS TOUTE UNE HISTOIRE POUR SUSCITER LA SYMPATHIE DE TON ENTOURAGE
JE N'AI DÉJÀ PLUS ENVIE D'ÉCOUTER...
UNE FAUTEUSE DE TROUBLES, VOILÀ CE QUE TU ES
JE VAIS TE FAIRE SORTIR DE LÀ !
ÇA NE VA PAS...
D'UTILISER LA FORCE
OOH... !

C'EST UN CHAT-MONSTRE !!
BIEN QU'ENCORE JEUNE, ELLE EST DEVENUE UN CHAT-MONSTRE

SÉRIEUSEMENT, SES PARENTS L'ONT MAL ÉDUQUÉE, ET VOILÀ LE RÉSULTAT...
AU FOND, C'EST UNE CHATTE QUI A CHOISI LA FACILITÉ
MAMAN, REGARDE. LE VIEUX, IL S'EST FAIT PIPI DESSUS !
NE T'EN MÊLE PAS
ON NE PEUT PAS FRÉQUENTER UN CHAT-MONSTRE
TU AS VU SES BLESSURES À LA PATTE ?
C'EST DE L'AUTOMUTILATION
ELLE EST EN DANGER, NON ?
OUI, SI ON NE L'ARRÊTE PAS BIENTÔT... !
NE TE GRIFFE PAS !
SE GRIFFER, C'EST MAL !
IL NE FAUT PAS SE BLESSER SOI-MÊME !
ON NE PEUT PAS NIER QU'ILS LA RÉPRIMANDENT SANS LUI DONNER D'EXPLICATION
TOUT LE MONDE S'INQUIÈTE POUR TOI
ÇA, C'EST UNE FAÇON D'ÉVITER DE LA FAIRE CULPABILISER

BON, SI ELLE NE FAIT QUE SE GRIFFER, ELLE N'EN MOURRA PAS
TES PARENTS T'ONT FORCÉMENT APPRIS À PRENDRE SOIN DE TA SANTÉ
ÇA, C'EST ÉVOQUER L'AUTORITÉ POUR ÉVITER LES QUESTIONS
SI TU TE BLESSES, ÇA NOUS BLESSE AUSSI
ÇA, C'EST UNE TENTATIVE DE TRANSFERT
ILS NE CONNAISSENT PAS GRAND-CHOSE AU PROBLÈME
COMMENT PEUVENT-ILS TENIR DES PROPOS AUSSI VIOLENTS… ?
QUAND ELLE AURA L'ESTOMAC VIDE, ELLE SORTIRA
ON PEUT LA LAISSER FAIRE SANS S'INQUIÉTER
C'EST ENCORE UN MOYEN D'ATTIRER L'ATTENTION
SI ELLE VOULAIT VRAIMENT EN FINIR, IL Y A BIEN D'AUTRES FAÇONS
ILS NE SONT PAS GENTILS…
BON, ESSAYONS ENCORE
ÇA POURRAIT METTRE SA VIE EN DANGER
DONC, JE VOUS LE RÉPÈTE, NE PAS AGIR EST IMPARDONNABLE

MAIS POURQUOI EST-CE ARRIVÉ ?
ELLE A UNE MAUVAISE IMAGE D'ELLE-MÊME
ELLE EST JOLIE MAIS ELLE SE VOIT LAIDE
ET DONC, ELLE EST DEVENUE UN CHAT-MONSTRE
AVANT TOUT, IL FAUT L'ENCOURAGER
LA “DIFFICULTÉ DE VIVRE” A DES CAUSES DIVERSES ET QUI S'ENCHEVÊTRENT
TU ES CHIC
TU ES INTÉRESSANTE
LA CONSCIENCE DE SOI OU BIEN L'AFFIRMATION DE SOI
TOUT VA BIEN. TU VAS POUVOIR RÉCUPÉRER
VIVONS EN ALLANT DE L'AVANT
IL NE FAUT PAS MINIMISER LES PROBLÈMES PERSONNELS
~~~
~~~
~~~
ÇA, JE NE LE COMPRENDS PAS
CE N'EST VRAIMENT PAS GENTIL DU TOUT
~~~

ILS SE SONT ÉLOIGNÉS D'ELLE
UN À UN…
LE TEMPS A PASSÉ
TOI, TU ES TOUJOURS LÀ ?
MAIS FINALEMENT, EST-CE QUE JE PEUX AGIR… ?
J'AI COMMENTÉ CE QUE LES AUTRES FAISAIENT
EN FAIT, ET MOI, QUE DEVRAIS-JE FAIRE ?

!
AH...
COMMENT SE FAIT-IL...
MOI-MÊME, JE N'AI PAS D'EXPLICATION...
POURQUOI LES CHOSES SONT-ELLES AINSI ?
J'ÉPROUVE LA SENSATION DE NE PAS ÊTRE MOI...
LE SENTIMENT DE NE PAS SAVOIR SI JE SUIS VIVANTE OU MORTE
LES GENS ONT BEAU ME PARLER, RIEN NE RENTRE DANS MA TÊTE
...
QU'EST-CE QUE JE DEVRAIS LUI DIRE... ?
ÇA DOIT ÊTRE DUR POUR TOI, J'IMAGINE
... C'EST PROBABLEMENT DUR POUR MOI, OUI, JE PENSE
MAIS QU'EST-CE QUI EST DUR ? JE N'EN AI PAS LA MOINDRE IDÉE...

CEUX QUI S'INFLIGENT DES BLESSURES
TROUVENT AINSI LE MOYEN DE REMPLACER, PAR LA DOULEUR PHYSIQUE, LEUR SOUFFRANCE PSYCHOLOGIQUE
C'EST COMME POSER UN COUVERCLE DESSUS
UN COUVERCLE... ?
DE CETTE FAÇON, LES SENTIMENTS VIOLENTS QUE L'ON NE PEUT PAS EXPRIMER SONT REFOULÉS
ALORS, CE COUVERCLE, ON PEUT LE SOULEVER !?
COMMENT FAIRE POUR Y ARRIVER !?
NE T'EMBALLE PAS...
IL NE SUFFIT PAS DE VOULOIR L'OUVRIR POUR Y PARVENIR
SI L'ON SOULÈVE LE COUVERCLE VIOLEMMENT, LA DOULEUR PEUT EMPÊCHER DE CONTINUER À VIVRE
IL CONVIENT DE LE SOULEVER AU BON MOMENT, À LA BONNE OCCASION...
PFF
PFF
C'EST QUAND ?

ÇA, JE N'EN SAIS RIEN
BOM
ARRÊTE DE PLAISANTER !!
EH BIEN, JE NE SUIS PAS UN SPÉCIALISTE
MOI-MÊME, EN CE MOMENT, JE CHERCHE LA SORTIE
JE SUIS DANS LA MÊME SITUATION QUE TOI
...
TOI AUSSI, TU VIS LA MÊME EX-PÉRIENCE ?
BON, MAIS JE NE M'INFLIGE PAS DE BLESSURES
JE DIS ÇA AU SENS LARGE
QU'EST-CE QUI T'EST ARRIVÉ ?

ABUS D'ACTINIDIA POLYGAMA
CE N'EST PAS UNE PLANTE QUI RE-POUSSE LES INSECTES ?
IL Y A LONGTEMPS, JE L'UTILISAIS POUR L'EXTASE
TOI AUSSI, IL T'EST ARRI-VÉ PAS MAL DE CHOSES, NON ?
EN TOUT CAS, JE M'EN SUIS SORTI, ET MAINTENANT, JE VAIS BIEN...
SI TU LE SOUHAITES
JE PEUX TE PRÉSENTER AU MÉDECIN QUI M'A TRAITÉ
... C'EST UN BON MÉDECIN ?
J'AI EU UNE BONNE RELATION AVEC ELLE
MAIS BON, AUJOURD'HUI, C'EST VRAIMENT UNE VIEILLE DAME
SES JAMBES SONT FAIBLES ET ELLE NE POURRA PAS VENIR JUSQU'ICI

DONC, POUR COMMENCER...
IL FAUDRAIT QUE TU FASSES LE PREMIER PAS
UN JOUR, TOI...
JUSQU'À PRÉSENT, CE QUE TU AS AFFRONTÉ
C'EST CE QUI EST EN ARRIÈRE-PLAN DE TA DIFFICULTÉ À VIVRE
AVEC TES PROPRES MOTS
IL FAUT QUE TU ARRIVES À TROUVER UNE EXPLICATION...

JE PENSE QUE
VIVRE LUI EST
DEVENU UN PETIT
PEU PLUS FACILE

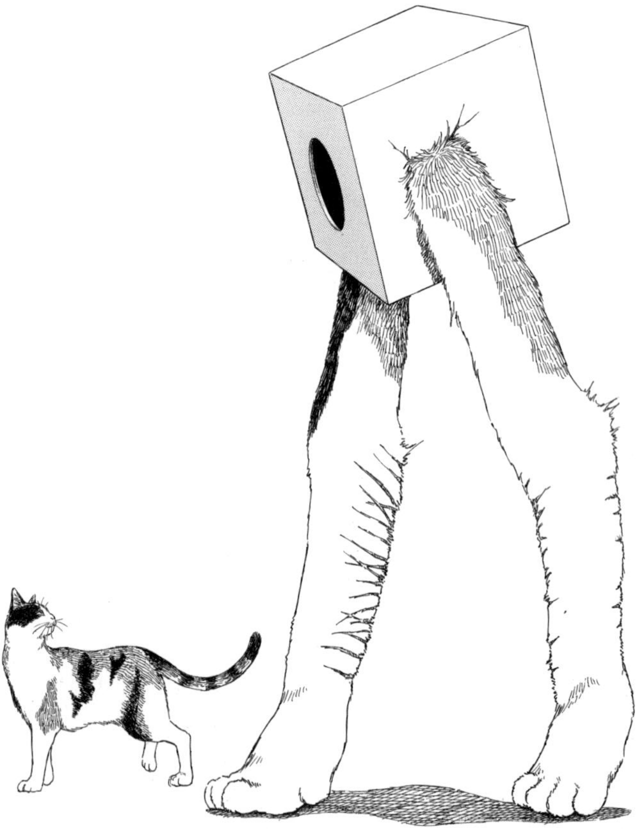

LA DESCENTE DES
MONTAGNES

MASARI, REGARDE, UN PETIT LAPIN...

IL EST MIGNON
OUI, OUI, SI TU LE DIS...
ALLEZ, VAS-Y
TIP TAP
TIP TAP
C'EST POUR BIENTÔT, HEIN, MASARI... ?
TU CROIS QUE ÇA VA BOUGER DANS NOS MON-TAGNES... ?
JE VAIS LES FAIRE BOUGER, TU VAS VOIR...

DOM
DODOM
APRÈS UNE LONGUE ATTENTE...
NOTRE NOUVEAU CHEF VA ÊTRE DÉSIGNÉ

AVANT QUE NE DÉMARRE LA CÉRÉMONIE DE CE SOIR, NOTRE CHEF ACTUEL VA NOUS DIRE UN MOT...
L'ÉPOQUE CHANGE
DOM
SUR NOUS AUTRES, LES "GENS DES MONTAGNES", UN VENT NOUVEAU DOIT SOUFFLER
DOM
DEMANDONS-LUI DE NOUS OUVRIR LA VOIE VERS UN DÉVELOPPEMENT ACCRU DE NOTRE TERRITOIRE
DODOM
Ô CHEF, MERCI POUR CE QUE TU AS FAIT POUR NOUS
C'EST TROP TÔT
HAAAAAA
CE N'EST PAS UN DISCOURS POUR UN DÉPART EN RETRAITE
JE VAIS MAINTENANT VOUS PRÉSENTER LES TROIS CANDIDATS À LA FONCTION DE CHEF

CE MONTAGNARD A DÉFRICHÉ DE NOMBREUSES TERRES ET A CONSIDÉRABLEMENT AMÉLIORÉ LA RÉCOLTE DU RIZ ET SA DISTRIBUTION...
KATSUZAN
DOM
LA CONNAISSANCE ET LES TECHNIQUES DE GESTION DES MONTAGNES LUI SONT DÉJÀ ACQUISES. IL EST LE FILS DU CHEF ACTUEL ET SON DIGNE HÉRITIER
TAISHŌ
DOM
AVEC SON HABILETÉ À LA CHASSE ET LA FORCE IMPOSANTE DE SES BRAS, C'EST UNE DAME DES MONTAGNES. ELLE EST LA PREMIÈRE FEMME À BRIGUER CETTE FONCTION
MASARI
DOM
VOUS CONNAISSEZ À PRÉSENT LES TROIS CANDIDATS
DOOOOOMM
QUE CHACUN D'ENTRE EUX NOUS TRANS-METTE SON ENTHOUSIASME...
HOURRA
HOURRA
HOURRA

C'EST VRAIMENT UNE FARCE...
QUEL QUE SOIT LE NOMBRE DE CANDIDATS À DÉFILER...
DE TOUTE FAÇON, CE N'EST PAS NOUS QUI CHOISISSONS...
EN RÉALITÉ, AU BOUT DU COMPTE, LE CHOIX FINAL REVIENT AU CHEF SORTANT
J'AI ENTENDU DIRE QUE LA DÉCISION EN FAVEUR DE TAI-SHŌ ÉTAIT DÉJÀ PLUS OU MOINS PRISE
BAH, N'IMPORTE QUI A ENVIE QUE SON FILS LUI SUCCÈDE
PFF... TU PARLES D'UN NOUVEAU SOUFFLE... !
SI L'ON REGARDE LES CONTRIBUTIONS À L'ÉCONOMIE DES MON-TAGNES, C'EST KATSUZAN QUI A ŒUVRÉ LE PLUS
MAIS MOI, JE SOUTIENS MASARI. COM-PLÈTEMENT
MOI AUSSI !
OUI, MOI, C'EST PAREIL !
C'EST ELLE QUI COM-PREND LE MIEUX LES SENTIMENTS DES MONTA-GNARDES
C'EST NATUREL, ELLE-MÊME EN EST UNE
... DE TOUTE MANIÈRE, ELLE NE SERA SÛREMENT PAS CHOISIE
COMME L'ÉPOQUE ÉVOLUE, J'AI L'IM-PRESSION QU'ELLE A JUSTE ÉTÉ MISE LÀ POUR POUVOIR DIRE QU'UNE MON-TAGNARDE EST DANS LA LISTE
...

AFIN QUE NOS MONTAGNES SOIENT ENCORE PLUS UN OBJET DE FIERTÉ
NOUS RENFORCERONS LEUR UNION POUR QU'ELLES FORMENT UNE CHAÎNE...
NOUS NE DEVONS PAS OUBLIER QUE LES MONTAGNES ONT FAIT DE NOUS UNE GRANDE FAMILLE...
Les montagnes... Selon les montagnes... En faveur des montagnes...
ELLE EST LONGUE, SON HISTOIRE...
IL NE DIT RIEN DE CONCRET...
HÉ ! VOUS FERIEZ MIEUX D'ÉCOUTER, LES JEUNES
EUH... DÉSOLÉ...
ET MAINTENANT, LA DERNIÈRE CANDIDATE...
MASARI
...
IL N'Y A QUE DES HOMMES ICI
POURQUOI LES FEMMES NE SONT-ELLES PAS VENUES... ?
QUOI... ?

QUI A PRÉPARÉ LES PLATS QUI SONT ALIGNÉS SUR CES TABLES ?
QUI NE PEUT PAS PARTICI-PER À LA CÉRÉ-MONIE ET DOIT RESTER À LA MAISON POUR S'OCCUPER DES ENFANTS ?
IL N'Y PAS BESOIN DE RÉPONSES
SI LES RÔLES SONT FIXÉS PAR LE SEXE, UN VENT NOUVEAU NE POURRA PAS SOUFFLER
MOI, JE VEUX PARTIR DES PROBLÈMES QUI NOUS TOUCHENT DI-RECTEMENT...
LES DIFFI-CULTÉS DES GENS DE MA GÉNÉRATION
LA PROTEC-TION DES JEUNES QUI PRENDRONT LA RELÈVE...
POUR CE FAIRE...
IL Y A QUELQUE CHOSE QUE JE DOIS VOUS DIRE...
C'EST QUOI... ?
MOI, QUAND J'ÉTAIS UNE ENFANT...

J'AI ÉTÉ VIOLÉE PAR CET HOMME
HEIN... ?

QUOI ?
OH...
HEIN ?
AH BON...
QU'EST-CE QU'ELLE VIENT DE BALANCER ?
C'EST PAS UNE CHOSE À DIRE ICI...
... MOI, PENDANT LONG-TEMPS
J'AI OUBLIÉ CET ÉVÉ-NEMENT HORRIBLE
HÉ ! VOUS AUTRES !
IL SE PASSE UNE CHOSE EXTRAOR-DINAIRE !
IL Y A PLU-SIEURS ANNÉES, CELA M'EST REVENU PAR FRAGMENTS...
RÉCEMMENT, PRENANT ENFIN CONSCIENCE DE CE QUI M'A ÉTÉ INFLIGÉ
JE ME SUIS DÉCIDÉE À LE RENDRE PUBLIC
JE SUIS UNE VICTIME. MAIS JE N'AI PAS L'IN-TENTION D'EN RESTER LÀ
JE VEUX QUE LE CHEF AVOUE TOUT...

NON, NON, ÇA NE ME DIT RIEN. VRAIMENT RIEN DU TOUT
JE N'AI ABSOLUMENT AUCUN SOUVENIR D'UNE TELLE CHOSE !
C'EST UN MALENTENDU ! OU BIEN UNE TENTATIVE POUR SEMER LE TROUBLE !
CE N'EST PAS UN SUJET QU'ON DOIT TRAITER À LA LÉGÈRE, LA DAME DES MONTAGNES
OUI, C'EST VRAI
IL Y A DES PREUVES !?
À L'ÉPOQUE, C'ÉTAIT UNE ENFANT. SI ON LUI A FAIT UNE *MAUVAISE CHOSE*, ELLE A DÛ SE CONFIER À QUELQU'UN !
CE SONT DES FAITS QUI REMONTENT À PLUSIEURS DIZAINES D'ANNÉES...
IL N'Y A PAS DE PREUVES CONCRÈTES
APRÈS L'ÉVÉNEMENT, JE NE SAIS PAS SI J'EN AI PARLÉ OU NON À QUELQU'UN
EH OUI !
UNE AUSSI VIEILLE HISTOIRE, AUJOURD'HUI, ON NE PEUT PLUS RIEN Y FAIRE !

PARMI LES GENS VICTIMES DE VIOLENCE, CERTAINS NE CONSERVENT PAS DE SOUVENIRS
CETTE SITUATION S'APPLIQUE À MOI
DANS CE CAS, COMMENT PEUT-ON TE CROIRE ?!
MOI, JE ME SOUVIENS D'ELLE QUAND ELLE ÉTAIT ENFANT...
ELLE N'AVAIT PAS UNE ONCE DE FÉMINITÉ
ÇA N'A PAS CHANGÉ
ET SI ELLE AVAIT ÉTÉ VIOLÉE DE FAÇON RÉPÉTÉE, ELLE NE SERAIT PAS DEVENUE AUSSI FORTE QU'ELLE L'EST AUJOURD'HUI
MARM MARM MARM MARM
ET JE L'AI VUE SOUVENT RIRE ET PLAISANTER AVEC LE CHEF
TOUT ÇA, CE SONT DES PRÉJUGÉS À PROPOS DES VICTIMES D'AGRESSION
QUOI QUE VOUS DISIEZ, CELA NE FAIT PAS DISPARAÎTRE LA RÉALITÉ
J'AI DÉCIDÉ QU'ELLE NE DISPARAÎTRAIT PAS...
POUR LA BONNE RAISON...

QUE JE NE SUIS PAS LA SEULE VICTIME
NON...
ET DONC...
LE RESPON-SABLE DE CES AGRESSIONS LE SAIT TROP BIEN
IL NE S'AGIT PAS D'UN PETIT NOMBRE...
PAS LA PEINE DE DONNER LEURS NOMS !
MARM MARM MARM
QUI SONT LES AUTRES... ?
MARM MARM MARM
C'EST VRAI... ?
QUI EST-CE... ? QUI... ?

IL EST INUTILE QU'ELLES PRENNENT LA PAROLE. IL SUFFIT QUE JE SOIS EN PREMIÈRE LIGNE POUR RECEVOIR LES FLÈCHES. ET LES INJURES...
JE NE VEUX PAS INFLIGER DES PENSÉES DOULOUREUSES À CELLES QUI NE SONT POUR RIEN DANS L'AFFAIRE
PUISQUE LE CHEF VEUT CONTINUER À FEINDRE L'IGNORANCE
JE VAIS VOUS RÉVÉLER COMMENT S'EST DÉROULÉE L'AGRESSION À CETTE ÉPOQUE. DU MOINS, JE VOUS DONNERAI LES DÉTAILS DONT JE ME SOUVIENS
IL SE PEUT QUE CELA ME SOIT PÉNIBLE PAR MOMENTS, ET JE VOUS PRIE D'EMBLÉE DE BIEN VOULOIR M'EXCUSER
... ALORS VOILÀ...
C'ÉTAIT UN ENDROIT OÙ L'ON ENTENDAIT LE BRUIT D'UNE CASCADE
AU DÉPART, IL DEVAIT M'APPRENDRE À NAGER...
SA MAIN S'EST DÉPLACÉE VERS MON BAS-VENTRE...

JE T'EXCLUS DE LA LISTE DES CANDIDATS À L'ÉLECTION !!
QUE L'ON FASSE DESCENDRE CETTE MENTEUSE DE L'ESTRADE IMMÉDIATEMENT !!
ボコォッ
PAN !!

BADABOUM
ELLE VOULAIT PIÉGER MON PÈRE !!
CETTE SORCIÈRE DES MONTAGNES !!
QU'ON LA LIGOTE JUSQU'À LA FIN DE LA CÉRÉMONIE !
OOOUHH
OOOUHH
CETTE VIEILLE
ELLE A OSÉ GÂCHER LA CÉRÉMONIE !
OOOUHH

MASARI !
ÇA VA... ? MASARI...
...
JE VAIS TE LIBÉRER !
CHTAF
ガッ
CHTAF
ガッ
CHTAF
ガッ
CETTE CORDE EST DURE...

ガッ
QU'EST-CE QUE TU FABRIQUES, TOI ?
ミシッ
SNAP

FUJITO !?
DÉSOLÉ, MASARI...
JE VOULAIS... T'AIDER...
SHLAARKKKK

PAR-LÀ ! PAR-LÀ !
ON VA VOUS MONTRER UNE CHOSE INTÉ-RESSANTE
HÉ ! HÉ ! HÉ !
!
FUJITO ...
JE NE VAIS PAS FAIRE BOUGER LES MON-TAGNES...
JE VAIS LES DÉTRUIRE

ドオン
DOM
BON... IL Y A EU UN INCIDENT GÊNANT...
MAIS LE NOM DU NOUVEAU CHEF VA BIENTÔT ÊTRE ANNONCÉ
ALORS, LEQUEL VA DEVENIR NOTRE NOUVEAU DIRIGEANT... ?
EST-CE QUE CE SERA KATSUZAN... ?
ドーン
DOM
OU BIEN TAISHŌ... ?
ドーン
DOM

OH ! C'EST MA-SARI !!
Oohh...
QU'EST-CE QUE TU RACONTES... ? MASARI A ÉTÉ ÉLIMINÉE DE LA LISTE DES CANDIDATS...
MASARI ARRIVE !!
ELLE VA FAIRE PARLER LA VIOLENCE...
HIII

PLAAF
OOH
オオオオ
OOH
OOH
OOH
OOH
ARRÊTEZ-LA !!

BADA
BADA
BADA

BADA
BADA
ARRÊTEZ-LA !
ARRÊTEZ-LA !
ARRÊTEZ-LA !!

ガチ
SPAAFFF
イッ
CALME-TOI, MASARI... !
SI TU AGIS AINSI, CELA NE CHANGERA RIEN...
SPONG
ゴオ
SPONG
SPONG
SPONG
ゴゴゴ

GNNNNNN
SPONG
SPONG
SPONG
HAAA ! AU SECOURS, MAMAAAAN !
HÉ ! TAISHŌ... !

VAS-Y, FRAPPE-MOI
SI ÇA PEUT TE CALMER, FAIS COMME TU VEUX
DIS LA VÉRITÉ
JE NE VEU PAS D'EX-CUSES OU QUE TU SO PUNI
JE VEUX JUSTE QUE TU DISES LA VÉRITÉ
JE NE SAIS RIEN, VRAIMENT RIEN
PARLE

PARLE OU JE DÉTRUIS L'ORDRE DES MONTAGNES
PAR LA VIOLENCE...
VOUS, LES HOMMES, VOUS CONTINUEZ À MENTIR
C'EST UN MONDE QUE PERSONNE NE SOUHAITE
Chéri, réveille-toi !
JE VAIS EN CRÉER UN DANS LEQUEL LE STATUT DES HOMMES ET DES FEMMES SERA SIMPLEMENT INVERSÉ
JE VAIS AGIR COMME VOUS
EN UTILISANT LA VIOLENCE POUR ATTEINDRE MON BUT
JE VAIS IMPOSER LES RÔLES
JUSQU'À CE QUE LES CORPS EN SOIENT AFFECTÉS...
QUE LES ESPRITS SOIENT BRISÉS...
JE VAIS PROFITER DE VOUS POUR L'ÉTERNITÉ

SI TU PARLES, JE DESCENDRAI DES MON-TAGNES
Je re-connais avoir forcé quel-qu'un

BRR
BRR
BRR
BRR
BRR
SNAP
OOHH...
BAM
BAM
BAM
PLOFF

PAS BESOIN DE VENIR ME DIRE AU REVOIR
MASARI
FUJITO

ON M'A DEMANDÉ DE TE TRANSMETTRE UNE LETTRE...
C'EST DE L'ÉPOUSE DU CHEF PRÉCÉDENT
...
... AH BON...
À L'ÉPOQUE, J'AI BIEN ÉTÉ VICTIME D'UN VIOL
ELLE AUSSI, ELLE S'EN SOUVIENT
...
MAIS ELLE NE T'A PAS SOUTENUE...
GNAP
ELLE NE SAVAIT PROBABLEMENT PAS COMMENT FAIRE...

MASARI...
MOI AUSSI, J'AI L'INTENTION DE DESCENDRE BIENTÔT DES MONTAGNES

# JOYEUX DÉMONS

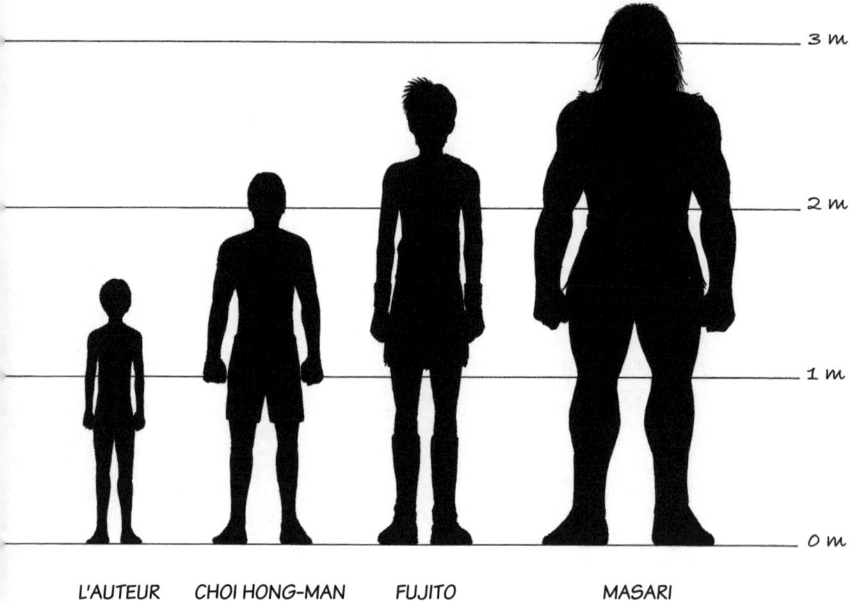
3 m
2 m
1 m
0 m
L'AUTEUR
CHOI HONG-MAN
FUJITO
MASARI

# La lumière chassée

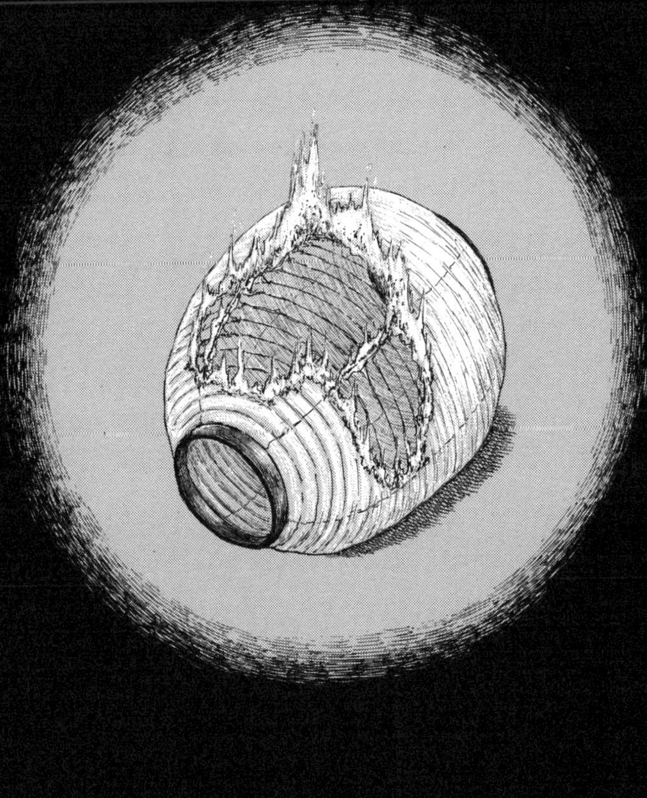

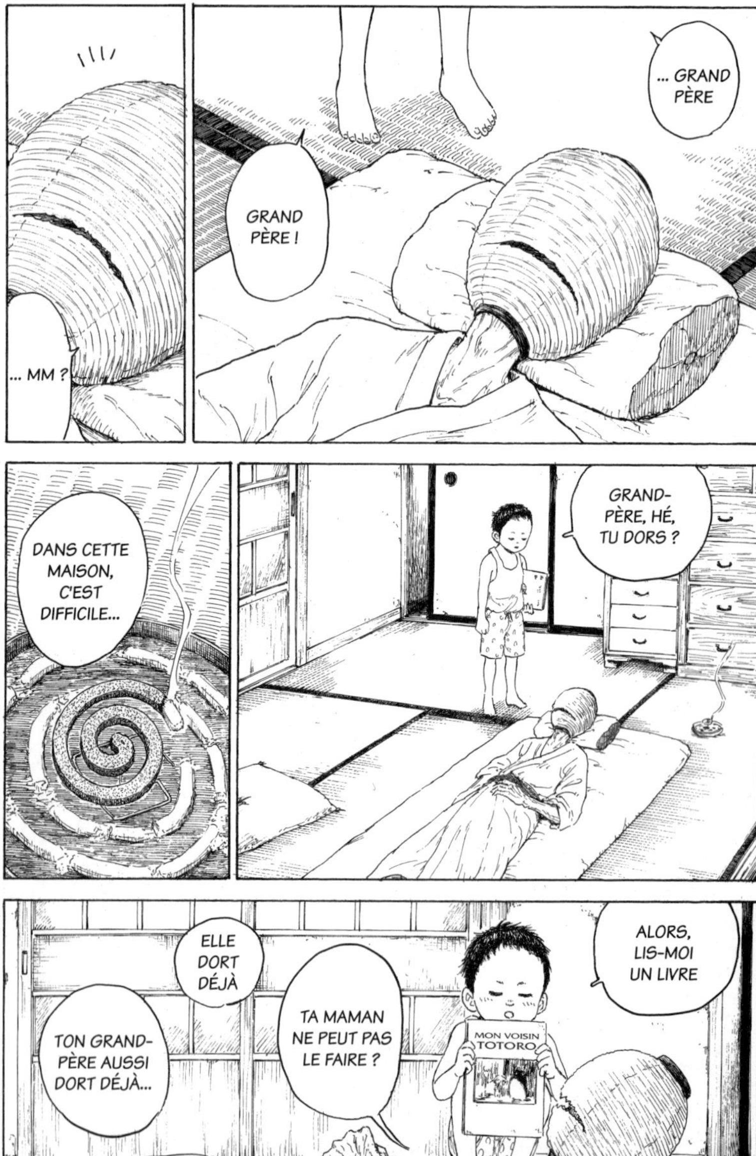
... GRAND PÈRE
GRAND PÈRE !
... MM ?
GRAND-PÈRE, HÉ, TU DORS ?
DANS CETTE MAISON, C'EST DIFFICILE...
ALORS, LIS-MOI UN LIVRE
MON VOISIN TOTORO
TA MAMAN NE PEUT PAS LE FAIRE ?
ELLE DORT DÉJÀ
TON GRAND-PÈRE AUSSI DORT DÉJÀ...

TES YEUX ?
MES YEUX VOIENT TROUBLE, JE NE PEUX PAS LIRE
...
MON VOISIN TOTORO
MON VOISIN TOTORO
OUI, ENFIN, CE N'EST PAS TANT LE PASSÉ QUE ÇA...
À LA PLACE, JE VAIS TE RACONTER UNE HISTOIRE DU PASSÉ
IL ÉTAIT UNE FOIS... ?
C'EST UN PASSÉ D'IL N'Y A PAS SI LONGTEMPS...

12ème année Ère Taishō
LE FEU DANS LE QUARTIER SEMBLE S'ÊTRE CALMÉ, MAIS...
(1923)
IL Y A DES CHOSES COM-BUSTIBLES QUI SONT ENCORE EN TRAIN DE BRÛLER
Septembre
C'EST TERRIBLE CE QUI VIENT DE SE PASSER
UNE ANNIHI-LATION

Tokyo

*Fines serviettes en coton servant au quotidien de mouchoir, de bandana ou d'emballage.

DES LAMBEAUX DE TISSUS, UN VÉLO ET PLEIN D'AUTRES OBJETS SE SONT ACCROCHÉS À SES BRANCHES
ÇA LUI DONNE UNE ALLURE VRAIMENT ÉTRANGE
LA VERRERIE OÙ JE TRAVAILLAIS ET HABITAIS...
ELLE DEVRAIT ÊTRE PAR LÀ...

TOI, ON PEUT DIRE QUE TU AS DE LA CHANCE
TU N'AS QU'UN SEUL PRÉCIEUX JOUR DE CONGÉ PAR MOIS, ET IL A JUSTEMENT COÏNCIDÉ AVEC LE TREMBLEMENT DE TERRE !
SI ÇA SE TROUVE, TOUS MES COLLÈGUES DE LA VERRERIE ONT ÉTÉ BRULÉS VIFS
ON PEUT DIRE QUE LE SORT M'A ÉTÉ FAVORABLE
OH
LÀ-BAS, IL Y A...
PATRON
AH, PETIT, IL NE T'EST RIEN ARRIVÉ
ET LES AUTRES... ?
ILS SE SONT RÉFUGIÉS DANS UNE USINE À SHIBUYA APPARTENANT À MA FAMILLE
ILS SONT TOUS SAINS ET SAUFS
AH... BON...

AU FAIT
À L'ÉCOLE DES COURS DU SOIR, C'EST COMMENT ?
LÀ AUSSI, ÇA A BIEN BRULÉ
ON DIRAIT QUE LES VACANCES D'ÉTÉ VONT RALLONGER
ÇA, C'EST VRAIMENT DOMMAGE...
TU ES UN GARÇON SPÉCIAL. SE PRÉOCCUPER DE L'ÉCOLE DANS UN MOMENT PAREIL...
LA PLUPART DES GAMINS ABANDONNENT L'ÉCOLE EN COURS DE ROUTE
ÉTUDIER, MOI, J'AIME ÇA
BON... JE T'EMMÈNE À L'USINE DE SHIBUYA ?
PATRON, AVANT ÇA, JE VOUDRAIS VOUS DEMANDER QUELQUE CHOSE
QUOI DONC ?

JE VOUDRAIS ALLER VOIR AU DORTOIR D'ARAKAWA COMMENT VA MON PÈRE
MM...
C'EST MON SEUL PARENT DEPUIS QUE MA MÈRE EST MORTE DE MALADIE
AH, DE TELS PROPOS NE PEUVENT QUE M'ADOUCIR...
FAIS CE QUE TU AS À FAIRE. VAS-Y
MAIS TU N'ESSAIERAS PAS DE T'ENFUIR, N'EST-CE PAS ?
JE VOUS REMERCIE
LA RUMEUR COURT QUE DES INDIVIDUS ASOCIAUX ERRENT DANS LES RUES
IL N'Y A PAS DE RAISON DE S'INQUIÉTER, MAIS FAIS TOUT DE MÊME ATTENTION
EUH... OUI...

GLOUUUURG
GLOURG
GLOURG
...
TU AS CETTE BOÎTE DE CONSERVE RAMASSÉE DANS LES DÉCOMBRES
DEPUIS HIER, JE N'AI PRESQUE RIEN MANGÉ...
AH... J'AI VRAIMENT FAIM
JE GARDE CETTE BOÎTE JUSQU'À CE QUE JE LE VOIE
SI ÇA SE TROUVE, MON PÈRE NON PLUS N'A RIEN À MANGER...

LE FEU N'EST PAS VENU JUSQU'ICI
REGARDEZ ! C'EST ÉCRIT AUSSI SUR CE MUR
CETTE MARQUE, ÇA INDIQUE OÙ JETER LES BOMBES
CELLE-LÀ, C'EST POUR LES VOLS À MAIN ARMÉE
ET CELLE-LÀ POUR LES PYRO-MANES
COMMENT DIRE... IL RÈGNE UNE ATMOSPHÈRE BIZARRE ICI...
EN RÉALITÉ, CES MARQUES SONT FAITES PAR LES LIVREURS DE JOURNAUX ET DE LAIT POUR DIF-FÉRENCIER PLUS FACILEMENT LEURS CLIENTS

AH, BONNE NOUVELLE, LA MAISON DE MON PÈRE EST INTACTE
...
MAIS IL N'Y A PERSONNE...
ILS SONT PROBABLEMENT TOUS ALLÉS SE RÉFUGIER QUELQUE PART
EUH, EXCUSEZ-MOI
LES GENS QUI VIVENT LÀ, OÙ SONT-ILS ALLÉS ?
SUR LA DIGUE DU CANAL D'ÉVACUATION DE LA RIVIÈRE ARA ?
AH BON...
JE VOUS REMERCIE GRANDEMENT
Bam
Bam
HEIN ?
QUEL EST CE BRUIT... ?

UN CORÉEN !
IL Y A UN CORÉEN !
LÀ, VENEZ, UN CORÉEN !
UN CORÉEN QUI VEUT METTRE LE FEU !
MAIS... QU'EST-CE QUI SE PASSE ?
ENFUIS-TOI, GAMIN !

 *« Papa » en coréen.

QU'EST-CE QUI VA SE PASSER ?
LES PRÉPARATIFS ONT COMMENCÉ
Haa
Haa
Haa

APPA...
!
C'EST UNE MI-TRAILLEUSE !
LA MI-TRAILLEUSE ARRIVE !
JE NE PEUX PAS VOIR
わー
MOI AUSSI JE VEUX VOIR
HO ! HÉ ! POUSSEZ PAS !
RECULEZ, RECULEZ !
わーっ
Waaaaa
ドサ
PLAF

정수
SON-SUL
JE N'AI RIEN FAIT DE MAL... À L'AIDE... À L'AIDE...
APPA...
오지 마
NE T'APPROCHE PAS
너는 살거라
TOI, VIS !
FEU !
TA TA TA TA
TA TA TA TA

ICI, C'EST DANGE-REUX !
DEBOUT PETIT !
BANZAI !
BANZAI !
BANZAI !
OOOOH
AAAHHH
BANZAI !
AAAHHH
OOOOH

BANZAI !
TA
TA
TA
BANZAI !
TA
MON PÈRE EST MORT
MON PÈRE EST MORT
APPA...
EST MORT...
Aah
Aah
Aah
OOOHH
UUU

SE REPOSER SUR L'ARMÉE ET LA POLICE, ÇA SUFFIT PAS
NOUS AUSSI, ON DOIT S'Y METTRE
C'EST LA CHASSE AUX CORÉENS !
C'EST UN SABRE PRÉCIEUX QUI DORMAIT DANS NOTRE RÉSERVE...
ÇA SERT PAS SOUVENT. ALORS, J'VOUDRAIS VOIR COMMENT IL COUPE !
S'IL PEUT PAS SUCER LE SANG DE TEMPS EN TEMPS, IL EST MALHEUREUX !
HÉ, CELUI-LÀ, IL A L'AIR SUSPECT, NON ?

C'EST JUSTE UN MÔME
ON ENTEND DIRE QUE LES ENFANTS CORÉENS, FILLES OU GARÇONS, S'OCCUPENT DES POISONS ET DES BOMBES
DU COUP, ON PEUT PAS SAVOIR

 *Le « sen » est le centime du yen.

* Rédigé en 1890 et prônant la fidélité à l'empereur Meiji, ce texte fut supprimé en 1948.

MAIS UN ENFANT SEUL DANS LES RUES, ÇA NE VA PAS
RENTRE VITE À LA MAISON
SINON TU VAS TE FAIRE ATTAQUER PAR UNE BANDE DE CORÉENS
ILS SONT DE MÈCHE AVEC LES SOCIALISTES ET CONDUISENT DES ACTIONS VIOLENTES
IL NE FAUT PAS BOIRE L'EAU DES PUITS
LES CORÉENS Y JETTENT DU POISON !
SI TU ÉTAIS MORT ICI, CELA N'AURAIT SERVI À RIEN
C'EST VRAI ...
MOI, SI JE NE SURVIS PAS À TOUT PRIX...

잠깐
ATTENDEZ !
JE M'APPELLE CHAN SON-SUL
JE SUIS CORÉEN

씨발
MERDE
왜 이런 말을 해야도는 거야
POURQUOI EST-CE QUE JE LEUR RACONTE TOUT ÇA ?
JE NE CAUSE DU TORT À PERSONNE
MON PÈRE A ÉTÉ TUÉ LÀ-BAS
CE N'ÉTAIT PAS UN MAUVAIS HOMME
너희도 죽여버리고 싶어
EN FAIT... JE VOUDRAIS VOUS TUER AUSSI

COMME J'ÉTAIS BON EN JAPONAIS, POUR POUVOIR L'AIDER...
JE SUIS VENU AVEC LUI AU JAPON
MON PÈRE ÉTAIT UN PAYSAN. L'ARMÉE JAPONAISE LUI A PRIS SA TERRE
DEVENU PAUVRE, IL A QUITTÉ SON PAYS
큰 착각이었어
C'ÉTAIT UNE GRAVE ERREUR
JE PENSAIS QU'IL Y AVAIT DE L'ESPOIR ICI
VOUS VOUS TROMPEZ, JE VEUX QUE VOUS COMPRENIEZ QUE...
NOUS, LES CORÉENS, NOUS SOMMES PEU NOMBREUX, ET DONC FAIBLES
NOUS NE CAUSERONS PAS DE TROUBLES

LES HISTOIRES QUI CIRCULENT SONT CERTAINEMENT FAUSSES
조금만 생각해보면 알잖아
RÉFLÉCHISSEZ UN PEU, ESSAYEZ DE COMPRENDRE
JE VOUS EN PRIE...
ZWIP ...
NE NOUS...
... PRENEZ RIEN DE PLUS...
ROL
ROL
ROL
ROL
BOM
C'EST UNE BOMBE ! !

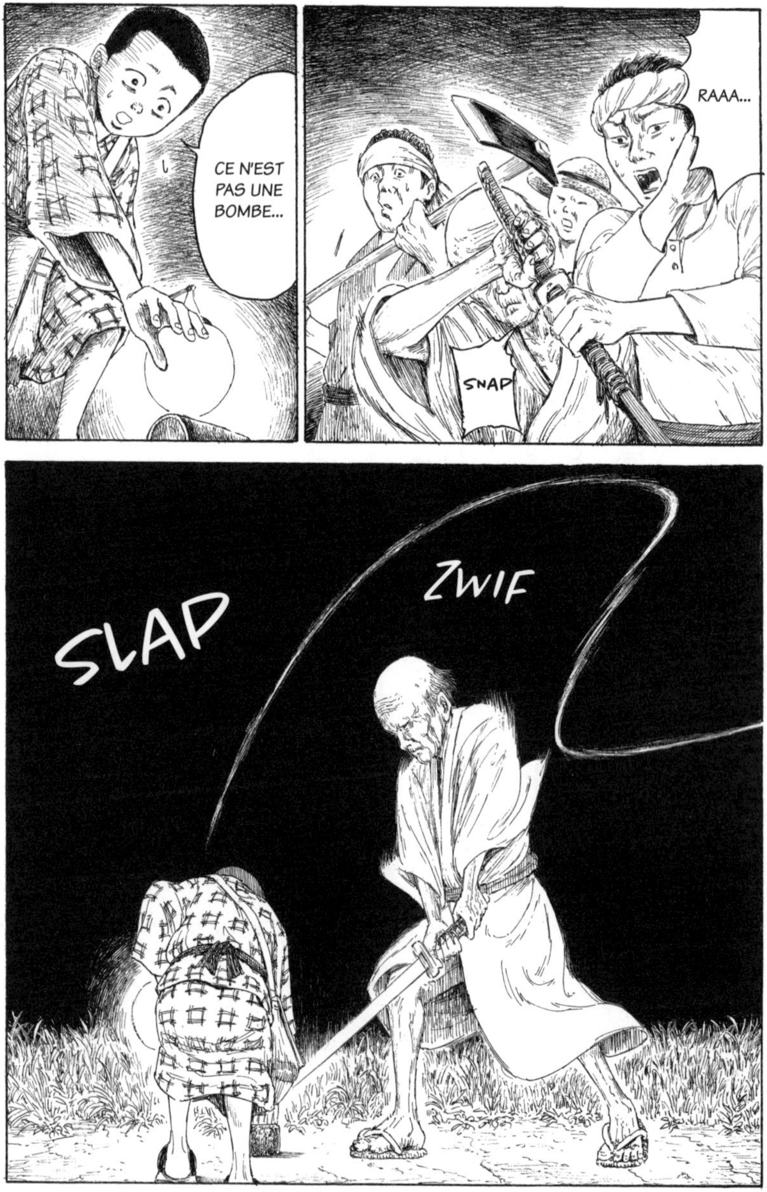
CE N'EST PAS UNE BOMBE...
RAAA...
SNAP
ZWIF
SLAP

BOM
BOLOM
BOLOM
BOLOM
BOLOM
BOLOM
WAOUH, J'AI ÉTÉ SURPRIS
D'UN COUP DE SABRE, TRANCHER LE COU
EXTRAORDINAIRE
UNE TRÈS BELLE TECHNIQUE
CE SERAIT BIEN D'ENTRETENIR CE SABRE UN PEU MIEUX
EUH... OUI
CETTE HISTOIRE COMME QUOI VOUS ÊTES UN SAMOURAÏ VÉTÉRAN DES GUERRES DE LA RESTAURATION MEIJI, ELLE EST DONC VRAIE...

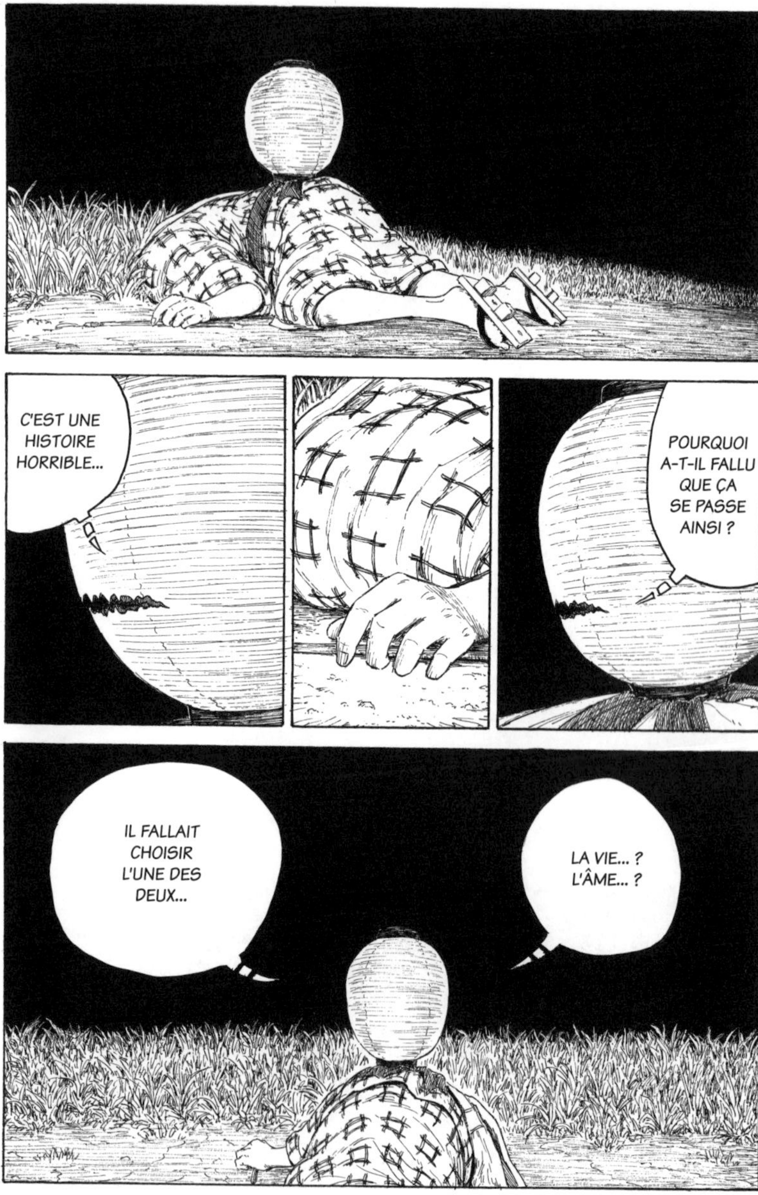
POURQUOI A-T-IL FALLU QUE ÇA SE PASSE AINSI ?
C'EST UNE HISTOIRE HORRIBLE...
LA VIE... ? L'ÂME... ?
IL FALLAIT CHOISIR L'UNE DES DEUX...

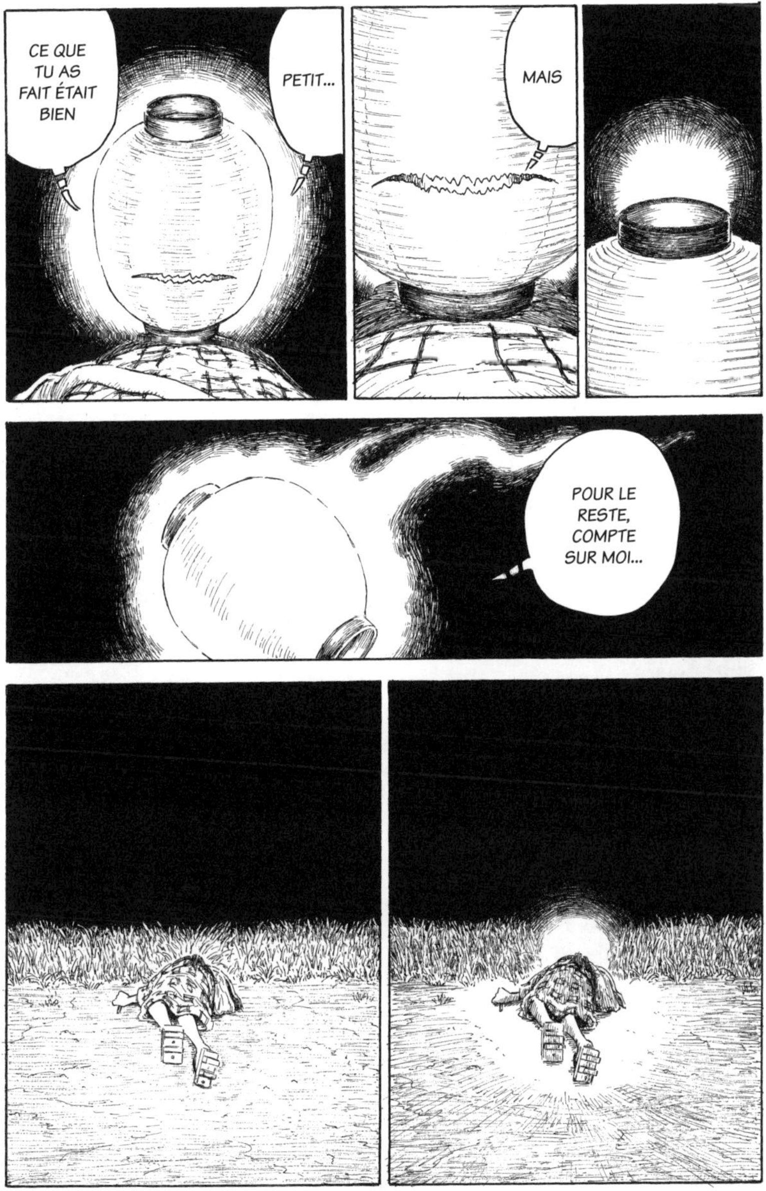
CE QUE TU AS FAIT ÉTAIT BIEN
PETIT...
MAIS
POUR LE RESTE, COMPTE SUR MOI...

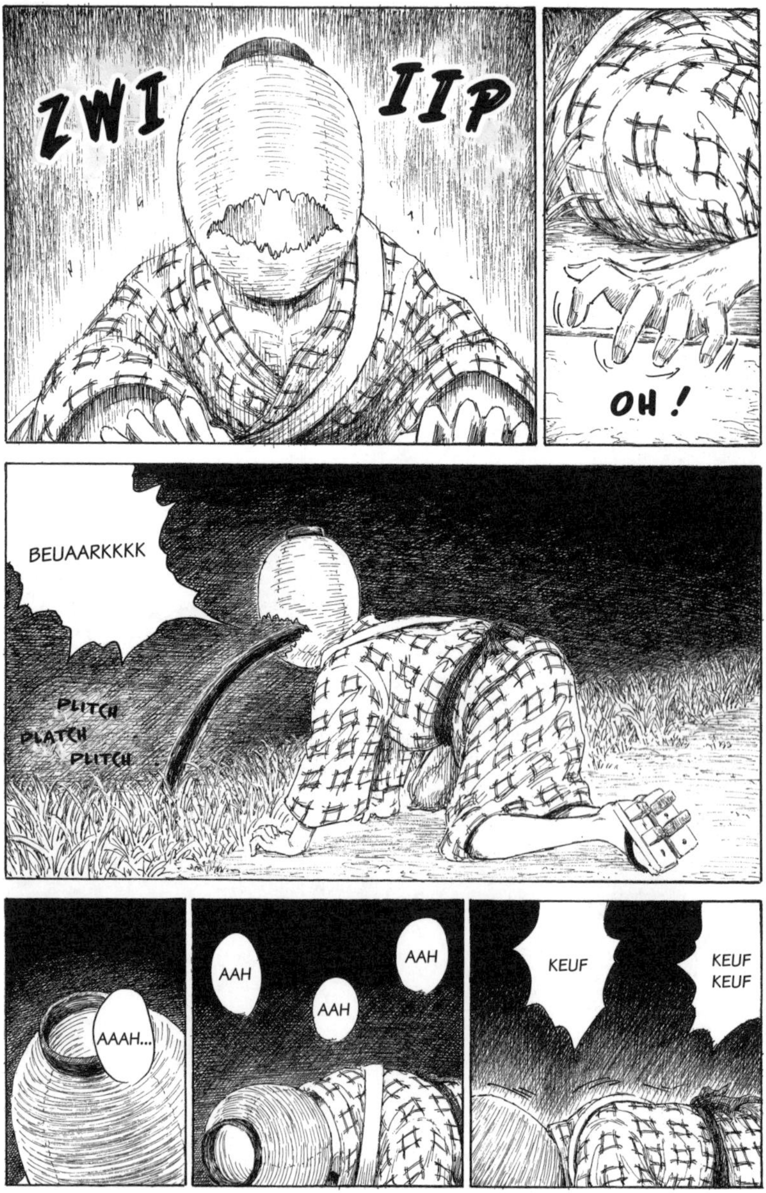
ZWI IIP
OH !
BEUAARKKKK
PLITCH
PLATCH
PLITCH
AAAH...
AAH
AAH
AAH
KEUF
KEUF
KEUF

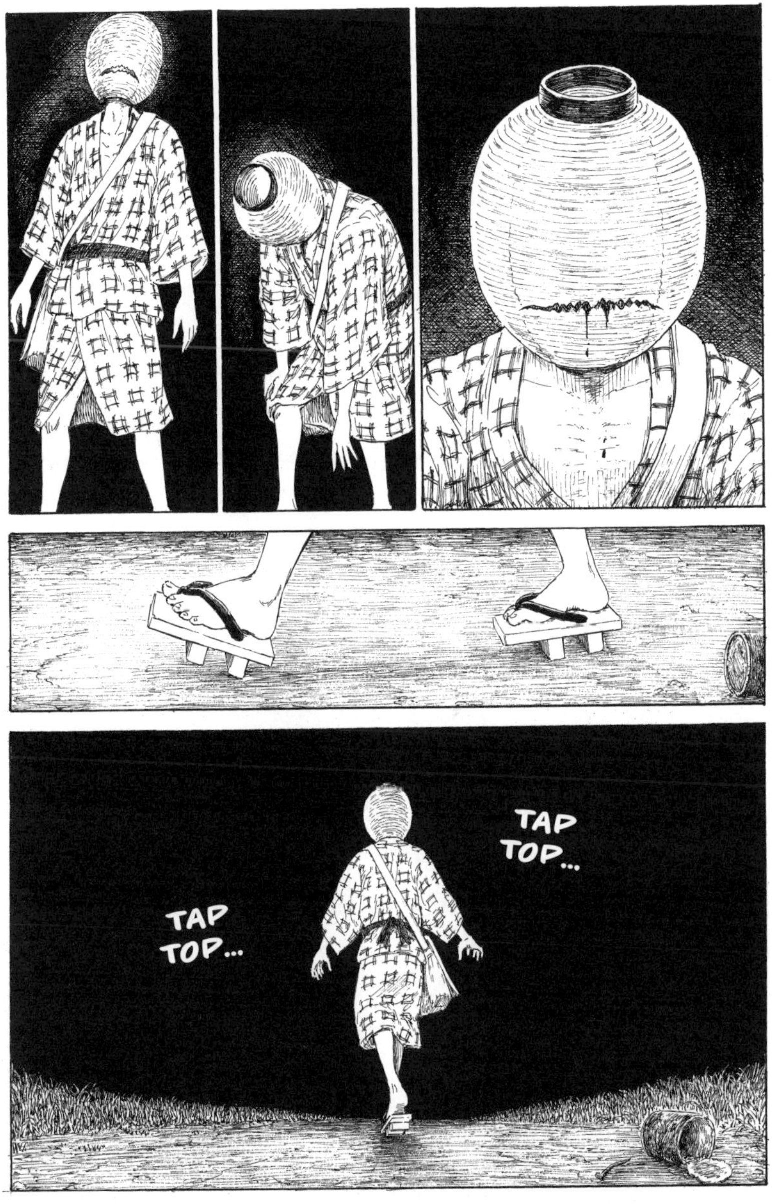
TAP
TOP...
TAP
TOP...

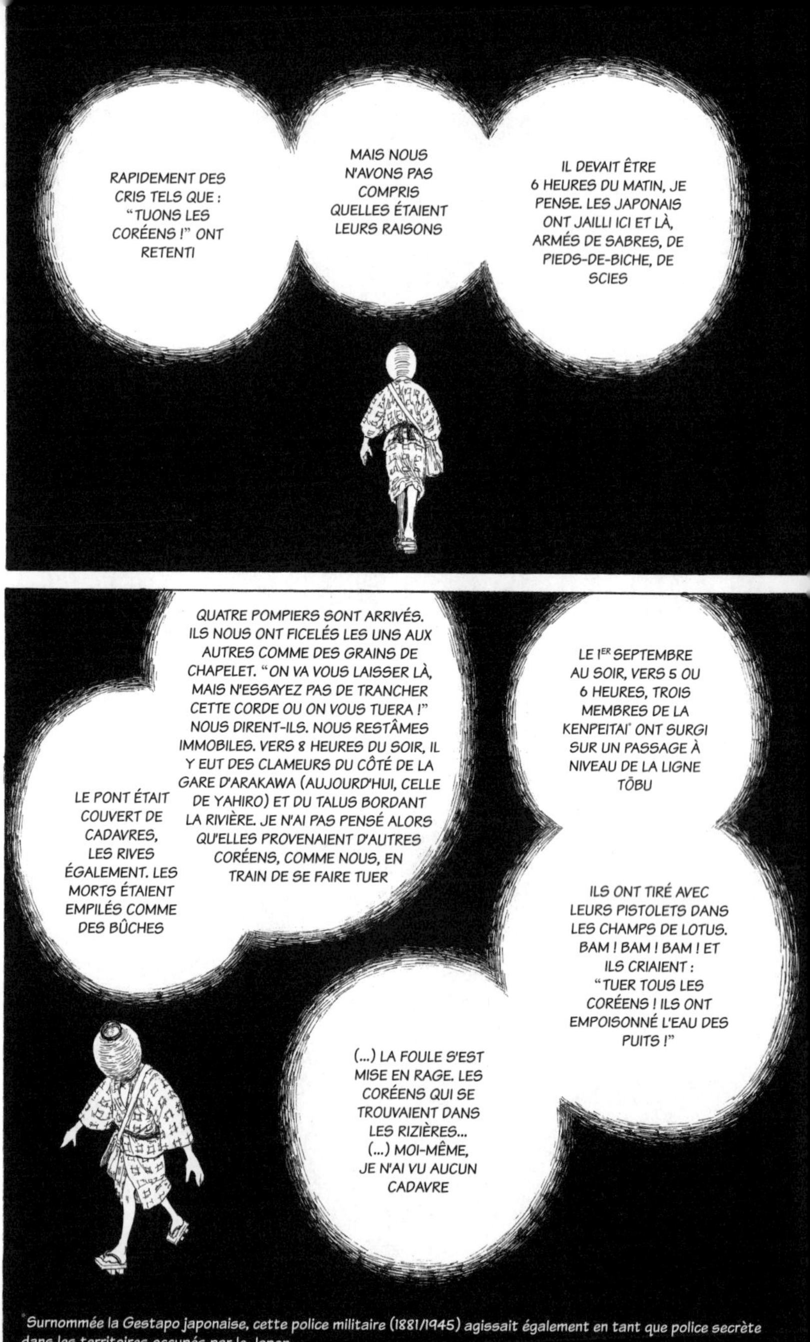


*Surnommée la Gestapo japonaise, cette police militaire (1881/1945) agissait également en tant que police secrète dans les territoires occupés par le Japon.

MOI, J'ÉTAIS À NARASHINO, CAMP DE BASE DE LA PREMIÈRE BRIGADE DE CAVALERIE. ILS SONT SORTIS LE 2 SEPTEMBRE. AVANT MIDI, JE PENSE. ILS ÉTAIENT EFFROYABLEMENT PRESSÉS
ILS ARRIVÈRENT À KAMEIDO VERS 2 HEURES. IL Y AVAIT UNE MARÉE HUMAINE. LES RÉFUGIÉS DU SÉISME ÉTAIENT AU BORD DE L'ÉMEUTE. LA PREMIÈRE ACTION DE L'ARMÉE FUT D'INSPECTER LES TRAINS (...)
TOUS LES TRAINS ÉTAIENT BONDÉS. LES CORÉENS PRÉSENTS FURENT EXTRAITS DES WAGONS. ILS SUCCOMBÈRENT IMMÉDIATEMENT SOUS LES ATTAQUES À L'ARME BLANCHE OU AU PISTOLET
PARMI LES JAPONAIS RÉFUGIÉS, DES "BANZAI !" JAILLIRENT COMME UN OURAGAN. PUIS ON ENTENDIT : "LES CORÉENS TRAHISSENT LA PATRIE ! TUONS-LES TOUS !" (...) DE LA FIN DE L'APRÈS-MIDI JUSQU'À TARD DANS LA NUIT, CE FUT UNE VÉRITABLE CHASSE AUX CORÉENS
UNE VINGTAINE DE CORÉENS FURENT TUÉS SUR LE TALUS DE LA RIVIÈRE, JUSTE APRÈS LE VIEUX PONT EN BOIS YOTSUGI (...) IL Y AVAIT DES MITRAILLEUSES. CE FUT FINI EN UN INSTANT
ENSUITE, CELA DEVINT HORRIBLE. TOUT LE MONDE REGARDAIT LES CADAVRES. PARMI EUX, IL Y AVAIT QUELQUES FEMMES... CES FEMMES... CE FUT AFFREUX... ON LES DÉSHABILLA ET LA FOULE S'AMUSA AVEC LEURS DÉPOUILLES
DANS L'ARRONDISSEMENT DE SUMIDA, SUR LE TALUS DU PONT YOTSUGI, UNE DIZAINE DE CORÉENS ÉTAIENT ATTACHÉS ET ALIGNÉS. ILS FURENT ABATTUS À LA MITRAILLEUSE PAR LES MILITAIRES. CEUX QUI N'ÉTAIENT PAS MORTS SUR LE COUP FURENT TRAÎNÉS SUR LES RAILS AVEC UN CHARIOT FERROVIAIRE, ASPERGÉS D'ESSENCE ET BRÛLÉS
EN TRAVERSANT LE PONT YANAGISHIMA EN DIRECTION DE HONJO, SUR LE CÔTÉ DROIT, IL Y AVAIT LA BOUTIQUE D'UN MARCHAND DE CHARBON DE BOIS. ELLE ÉTAIT EN FLAMMES. DES GENS ONT CAPTURÉ UN CORÉEN ET L'ONT JETÉ VIVANT DANS LE BRASIER
UNE QUADRAGÉNAIRE CORÉENNE FUT LIGOTÉE ET ALLONGÉE SUR LE DOS. UN CAMION ROULA SUR ELLE. COMME SES MEMBRES BOUGEAIENT ENCORE PAR À-COUPS, QUELQU'UN S'ÉCRIA : "OH, ELLE GIGOTE TOUJOURS !" ET LE CAMION REPASSA SUR SON CORPS

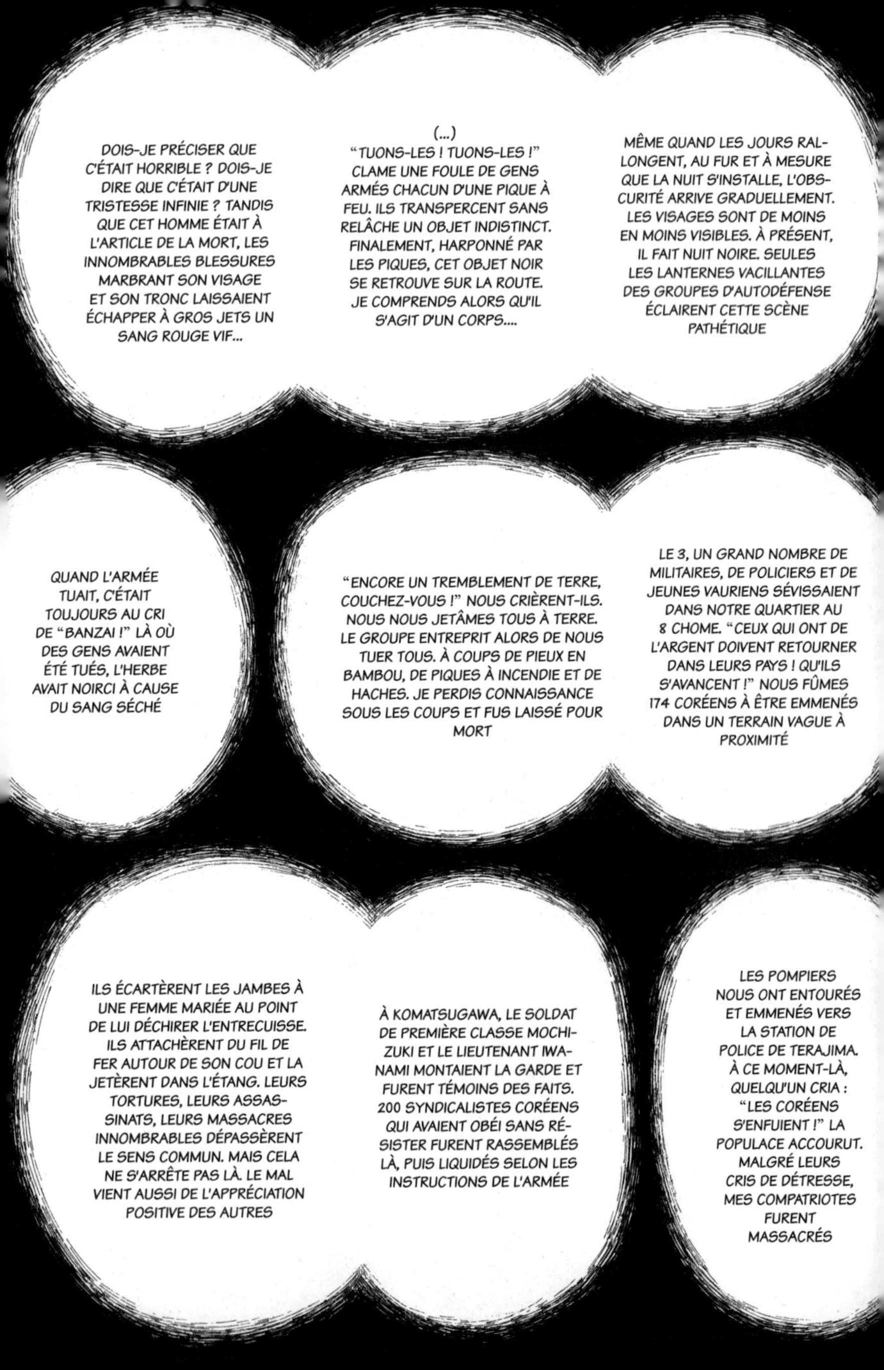
MÊME QUAND LES JOURS RALLONGENT, AU FUR ET À MESURE QUE LA NUIT S'INSTALLE, L'OBSCURITÉ ARRIVE GRADUELLEMENT. LES VISAGES SONT DE MOINS EN MOINS VISIBLES. À PRÉSENT, IL FAIT NUIT NOIRE. SEULES LES LANTERNES VACILLANTES DES GROUPES D'AUTODÉFENSE ÉCLAIRENT CETTE SCÈNE PATHÉTIQUE
(...) "TUONS-LES ! TUONS-LES !" CLAME UNE FOULE DE GENS ARMÉS CHACUN D'UNE PIQUE À FEU. ILS TRANSPERCENT SANS RELÂCHE UN OBJET INDISTINCT. FINALEMENT, HARPONNÉ PAR LES PIQUES, CET OBJET NOIR SE RETROUVE SUR LA ROUTE. JE COMPRENDS ALORS QU'IL S'AGIT D'UN CORPS....
DOIS-JE PRÉCISER QUE C'ÉTAIT HORRIBLE ? DOIS-JE DIRE QUE C'ÉTAIT D'UNE TRISTESSE INFINIE ? TANDIS QUE CET HOMME ÉTAIT À L'ARTICLE DE LA MORT, LES INNOMBRABLES BLESSURES MARBRANT SON VISAGE ET SON TRONC LAISSAIENT ÉCHAPPER À GROS JETS UN SANG ROUGE VIF...
LE 3, UN GRAND NOMBRE DE MILITAIRES, DE POLICIERS ET DE JEUNES VAURIENS SÉVISSAIENT DANS NOTRE QUARTIER AU 8 CHOME. "CEUX QUI ONT DE L'ARGENT DOIVENT RETOURNER DANS LEURS PAYS ! QU'ILS S'AVANCENT !" NOUS FÛMES 174 CORÉENS À ÊTRE EMMENÉS DANS UN TERRAIN VAGUE À PROXIMITÉ
"ENCORE UN TREMBLEMENT DE TERRE, COUCHEZ-VOUS !" NOUS CRIÈRENT-ILS. NOUS NOUS JETÂMES TOUS À TERRE. LE GROUPE ENTREPRIT ALORS DE NOUS TUER TOUS. À COUPS DE PIEUX EN BAMBOU, DE PIQUES À INCENDIE ET DE HACHES. JE PERDIS CONNAISSANCE SOUS LES COUPS ET FUS LAISSÉ POUR MORT
QUAND L'ARMÉE TUAIT, C'ÉTAIT TOUJOURS AU CRI DE "BANZAI !" LÀ OÙ DES GENS AVAIENT ÉTÉ TUÉS, L'HERBE AVAIT NOIRCI À CAUSE DU SANG SÉCHÉ
LES POMPIERS NOUS ONT ENTOURÉS ET EMMENÉS VERS LA STATION DE POLICE DE TERAJIMA. À CE MOMENT-LÀ, QUELQU'UN CRIA : "LES CORÉENS S'ENFUIENT !" LA POPULACE ACCOURUT. MALGRÉ LEURS CRIS DE DÉTRESSE, MES COMPATRIOTES FURENT MASSACRÉS
À KOMATSUGAWA, LE SOLDAT DE PREMIÈRE CLASSE MOCHIZUKI ET LE LIEUTENANT IWANAMI MONTAIENT LA GARDE ET FURENT TÉMOINS DES FAITS. 200 SYNDICALISTES CORÉENS QUI AVAIENT OBÉI SANS RÉSISTER FURENT RASSEMBLÉS LÀ, PUIS LIQUIDÉS SELON LES INSTRUCTIONS DE L'ARMÉE
ILS ÉCARTÈRENT LES JAMBES À UNE FEMME MARIÉE AU POINT DE LUI DÉCHIRER L'ENTRECUISSE. ILS ATTACHÈRENT DU FIL DE FER AUTOUR DE SON COU ET LA JETÈRENT DANS L'ÉTANG. LEURS TORTURES, LEURS ASSASSINATS, LEURS MASSACRES INNOMBRABLES DÉPASSÈRENT LE SENS COMMUN. MAIS CELA NE S'ARRÊTE PAS LÀ. LE MAL VIENT AUSSI DE L'APPRÉCIATION POSITIVE DES AUTRES

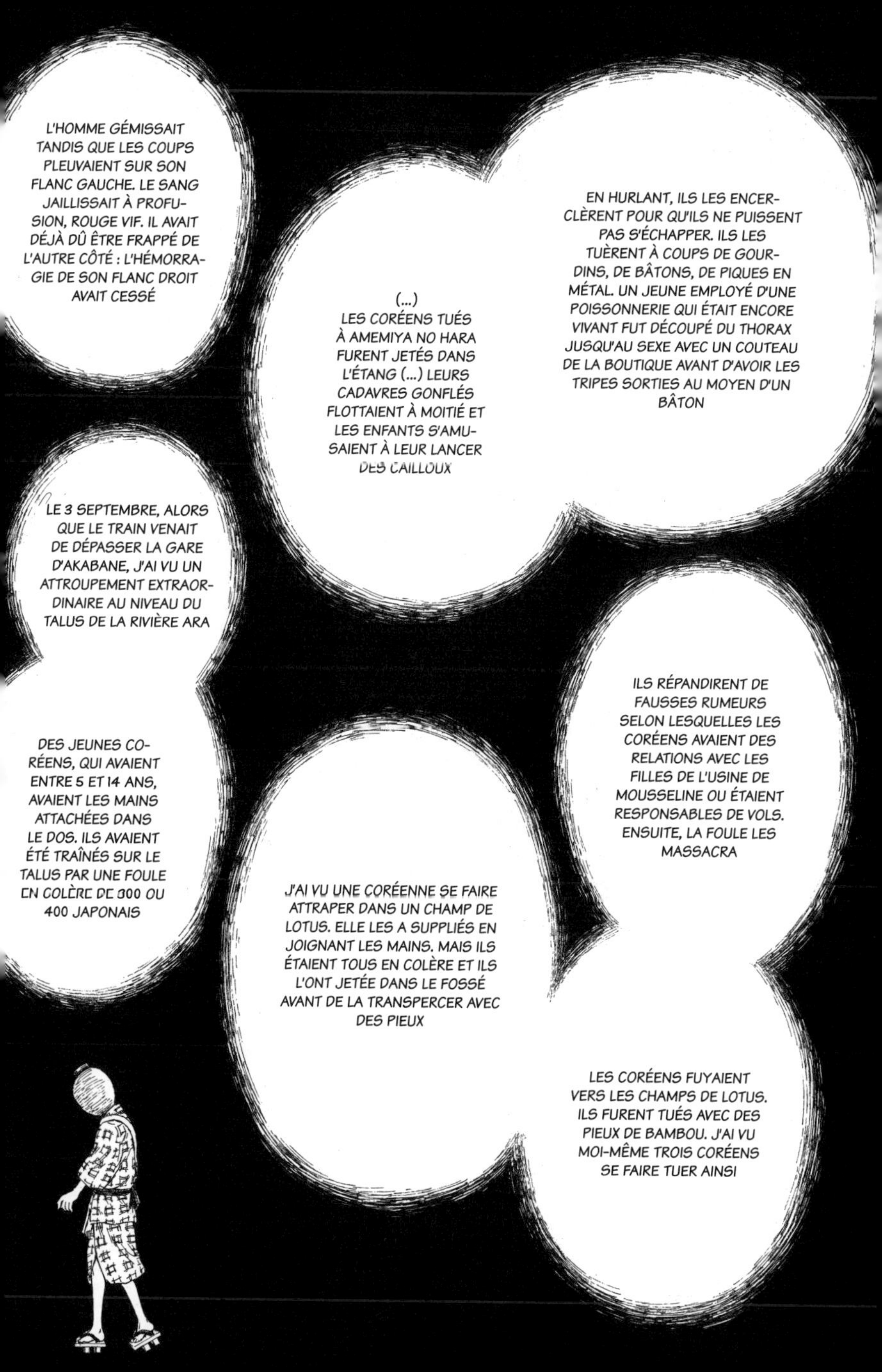
EN HURLANT, ILS LES ENCERCLÈRENT POUR QU'ILS NE PUISSENT PAS S'ÉCHAPPER. ILS LES TUÈRENT À COUPS DE GOURDINS, DE BÂTONS, DE PIQUES EN MÉTAL. UN JEUNE EMPLOYÉ D'UNE POISSONNERIE QUI ÉTAIT ENCORE VIVANT FUT DÉCOUPÉ DU THORAX JUSQU'AU SEXE AVEC UN COUTEAU DE LA BOUTIQUE AVANT D'AVOIR LES TRIPES SORTIES AU MOYEN D'UN BÂTON
(...) LES CORÉENS TUÉS À AMEMIYA NO HARA FURENT JETÉS DANS L'ÉTANG (...) LEURS CADAVRES GONFLÉS FLOTTAIENT À MOITIÉ ET LES ENFANTS S'AMUSAIENT À LEUR LANCER DES CAILLOUX
L'HOMME GÉMISSAIT TANDIS QUE LES COUPS PLEUVAIENT SUR SON FLANC GAUCHE. LE SANG JAILLISSAIT À PROFUSION, ROUGE VIF. IL AVAIT DÉJÀ DÛ ÊTRE FRAPPÉ DE L'AUTRE CÔTÉ : L'HÉMORRAGIE DE SON FLANC DROIT AVAIT CESSÉ
LE 3 SEPTEMBRE, ALORS QUE LE TRAIN VENAIT DE DÉPASSER LA GARE D'AKABANE, J'AI VU UN ATTROUPEMENT EXTRAORDINAIRE AU NIVEAU DU TALUS DE LA RIVIÈRE ARA
ILS RÉPANDIRENT DE FAUSSES RUMEURS SELON LESQUELLES LES CORÉENS AVAIENT DES RELATIONS AVEC LES FILLES DE L'USINE DE MOUSSELINE OU ÉTAIENT RESPONSABLES DE VOLS. ENSUITE, LA FOULE LES MASSACRA
J'AI VU UNE CORÉENNE SE FAIRE ATTRAPER DANS UN CHAMP DE LOTUS. ELLE LES A SUPPLIÉS EN JOIGNANT LES MAINS. MAIS ILS ÉTAIENT TOUS EN COLÈRE ET ILS L'ONT JETÉE DANS LE FOSSÉ AVANT DE LA TRANSPERCER AVEC DES PIEUX
DES JEUNES CORÉENS, QUI AVAIENT ENTRE 5 ET 14 ANS, AVAIENT LES MAINS ATTACHÉES DANS LE DOS. ILS AVAIENT ÉTÉ TRAÎNÉS SUR LE TALUS PAR UNE FOULE EN COLÈRE DE 300 OU 400 JAPONAIS
LES CORÉENS FUYAIENT VERS LES CHAMPS DE LOTUS. ILS FURENT TUÉS AVEC DES PIEUX DE BAMBOU. J'AI VU MOI-MÊME TROIS CORÉENS SE FAIRE TUER AINSI

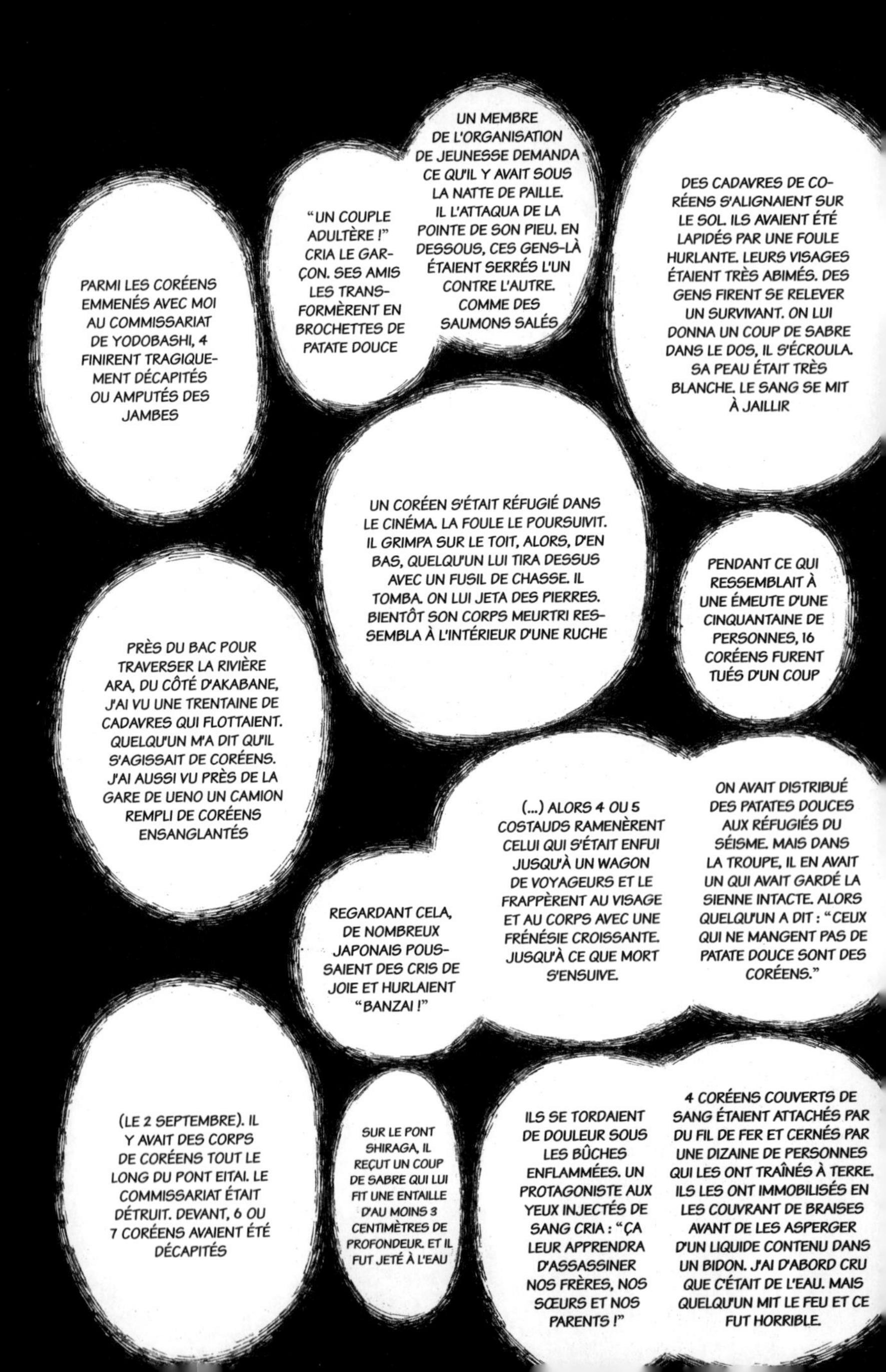
DES CADAVRES DE CORÉENS S'ALIGNAIENT SUR LE SOL. ILS AVAIENT ÉTÉ LAPIDÉS PAR UNE FOULE HURLANTE. LEURS VISAGES ÉTAIENT TRÈS ABIMÉS. DES GENS FIRENT SE RELEVER UN SURVIVANT. ON LUI DONNA UN COUP DE SABRE DANS LE DOS, IL S'ÉCROULA. SA PEAU ÉTAIT TRÈS BLANCHE. LE SANG SE MIT À JAILLIR
UN MEMBRE DE L'ORGANISATION DE JEUNESSE DEMANDA CE QU'IL Y AVAIT SOUS LA NATTE DE PAILLE. IL L'ATTAQUA DE LA POINTE DE SON PIEU. EN DESSOUS, CES GENS-LÀ ÉTAIENT SERRÉS L'UN CONTRE L'AUTRE. COMME DES SAUMONS SALÉS
“UN COUPLE ADULTÈRE !” CRIA LE GARÇON. SES AMIS LES TRANSFORMÈRENT EN BROCHETTES DE PATATE DOUCE
PARMI LES CORÉENS EMMENÉS AVEC MOI AU COMMISSARIAT DE YODOBASHI, 4 FINIRENT TRAGIQUEMENT DÉCAPITÉS OU AMPUTÉS DES JAMBES
PENDANT CE QUI RESSEMBLAIT À UNE ÉMEUTE D'UNE CINQUANTAINE DE PERSONNES, 16 CORÉENS FURENT TUÉS D'UN COUP
UN CORÉEN S'ÉTAIT RÉFUGIÉ DANS LE CINÉMA. LA FOULE LE POURSUIVIT. IL GRIMPA SUR LE TOIT, ALORS, D'EN BAS, QUELQU'UN LUI TIRA DESSUS AVEC UN FUSIL DE CHASSE. IL TOMBA. ON LUI JETA DES PIERRES. BIENTÔT SON CORPS MEURTRI RESSEMBLA À L'INTÉRIEUR D'UNE RUCHE
PRÈS DU BAC POUR TRAVERSER LA RIVIÈRE ARA, DU CÔTÉ D'AKABANE, J'AI VU UNE TRENTAINE DE CADAVRES QUI FLOTTAIENT. QUELQU'UN M'A DIT QU'IL S'AGISSAIT DE CORÉENS. J'AI AUSSI VU PRÈS DE LA GARE DE UENO UN CAMION REMPLI DE CORÉENS ENSANGLANTÉS
ON AVAIT DISTRIBUÉ DES PATATES DOUCES AUX RÉFUGIÉS DU SÉISME. MAIS DANS LA TROUPE, IL EN AVAIT UN QUI AVAIT GARDÉ LA SIENNE INTACTE. ALORS QUELQU'UN A DIT : “CEUX QUI NE MANGENT PAS DE PATATE DOUCE SONT DES CORÉENS.”
(...) ALORS 4 OU 5 COSTAUDS RAMENÈRENT CELUI QUI S'ÉTAIT ENFUI JUSQU'À UN WAGON DE VOYAGEURS ET LE FRAPPÈRENT AU VISAGE ET AU CORPS AVEC UNE FRÉNÉSIE CROISSANTE. JUSQU'À CE QUE MORT S'ENSUIVE.
REGARDANT CELA, DE NOMBREUX JAPONAIS POUSSAIENT DES CRIS DE JOIE ET HURLAIENT “BANZAI !”
4 CORÉENS COUVERTS DE SANG ÉTAIENT ATTACHÉS PAR DU FIL DE FER ET CERNÉS PAR UNE DIZAINE DE PERSONNES QUI LES ONT TRAÎNÉS À TERRE. ILS LES ONT IMMOBILISÉS EN LES COUVRANT DE BRAISES AVANT DE LES ASPERGER D'UN LIQUIDE CONTENU DANS UN BIDON. J'AI D'ABORD CRU QUE C'ÉTAIT DE L'EAU. MAIS QUELQU'UN MIT LE FEU ET CE FUT HORRIBLE.
ILS SE TORDAIENT DE DOULEUR SOUS LES BÛCHES ENFLAMMÉES. UN PROTAGONISTE AUX YEUX INJECTÉS DE SANG CRIA : “ÇA LEUR APPRENDRA D'ASSASSINER NOS FRÈRES, NOS SŒURS ET NOS PARENTS !”
SUR LE PONT SHIRAGA, IL REÇUT UN COUP DE SABRE QUI LUI FIT UNE ENTAILLE D'AU MOINS 3 CENTIMÈTRES DE PROFONDEUR. ET IL FUT JETÉ À L'EAU
(LE 2 SEPTEMBRE). IL Y AVAIT DES CORPS DE CORÉENS TOUT LE LONG DU PONT EITAI. LE COMMISSARIAT ÉTAIT DÉTRUIT. DEVANT, 6 OU 7 CORÉENS AVAIENT ÉTÉ DÉCAPITÉS

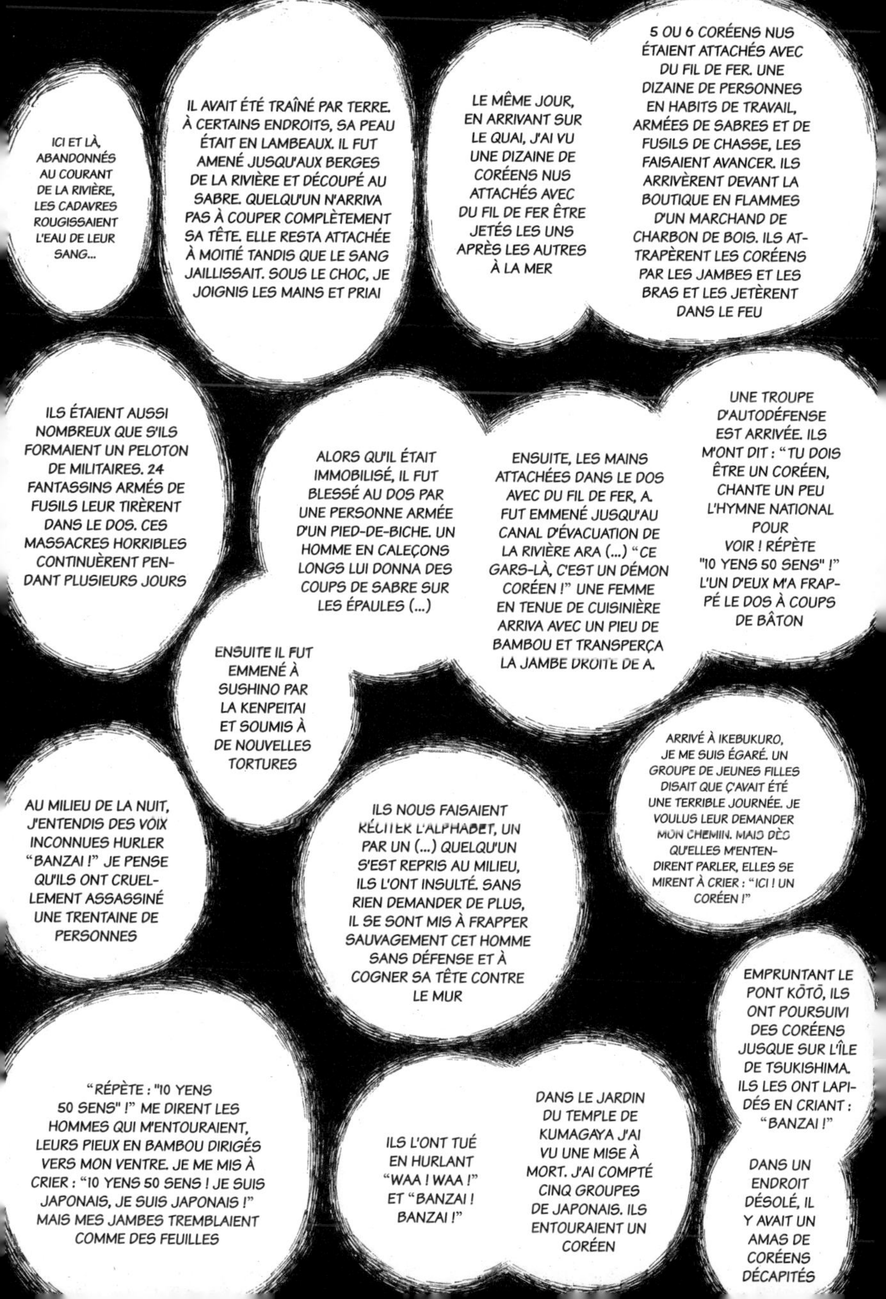
ICI ET LÀ, ABANDONNÉS AU COURANT DE LA RIVIÈRE, LES CADAVRES ROUGISSAIENT L'EAU DE LEUR SANG...
IL AVAIT ÉTÉ TRAÎNÉ PAR TERRE. À CERTAINS ENDROITS, SA PEAU ÉTAIT EN LAMBEAUX. IL FUT AMENÉ JUSQU'AUX BERGES DE LA RIVIÈRE ET DÉCOUPÉ AU SABRE. QUELQU'UN N'ARRIVA PAS À COUPER COMPLÈTEMENT SA TÊTE. ELLE RESTA ATTACHÉE À MOITIÉ TANDIS QUE LE SANG JAILLISSAIT. SOUS LE CHOC, JE JOIGNIS LES MAINS ET PRIAI
LE MÊME JOUR, EN ARRIVANT SUR LE QUAI, J'AI VU UNE DIZAINE DE CORÉENS NUS ATTACHÉS AVEC DU FIL DE FER ÊTRE JETÉS LES UNS APRÈS LES AUTRES À LA MER
5 OU 6 CORÉENS NUS ÉTAIENT ATTACHÉS AVEC DU FIL DE FER. UNE DIZAINE DE PERSONNES EN HABITS DE TRAVAIL, ARMÉES DE SABRES ET DE FUSILS DE CHASSE, LES FAISAIENT AVANCER. ILS ARRIVÈRENT DEVANT LA BOUTIQUE EN FLAMMES D'UN MARCHAND DE CHARBON DE BOIS. ILS ATTRAPÈRENT LES CORÉENS PAR LES JAMBES ET LES BRAS ET LES JETÈRENT DANS LE FEU
ILS ÉTAIENT AUSSI NOMBREUX QUE S'ILS FORMAIENT UN PELOTON DE MILITAIRES. 24 FANTASSINS ARMÉS DE FUSILS LEUR TIRÈRENT DANS LE DOS. CES MASSACRES HORRIBLES CONTINUÈRENT PENDANT PLUSIEURS JOURS
ALORS QU'IL ÉTAIT IMMOBILISÉ, IL FUT BLESSÉ AU DOS PAR UNE PERSONNE ARMÉE D'UN PIED-DE-BICHE. UN HOMME EN CALEÇONS LONGS LUI DONNA DES COUPS DE SABRE SUR LES ÉPAULES (...)
ENSUITE IL FUT EMMENÉ À SUSHINO PAR LA KENPEITAI ET SOUMIS À DE NOUVELLES TORTURES
ENSUITE, LES MAINS ATTACHÉES DANS LE DOS AVEC DU FIL DE FER, A. FUT EMMENÉ JUSQU'AU CANAL D'ÉVACUATION DE LA RIVIÈRE ARA (...) “CE GARS-LÀ, C'EST UN DÉMON CORÉEN !” UNE FEMME EN TENUE DE CUISINIÈRE ARRIVA AVEC UN PIEU DE BAMBOU ET TRANSPERÇA LA JAMBE DROITE DE A.
UNE TROUPE D'AUTODÉFENSE EST ARRIVÉE. ILS M'ONT DIT : “TU DOIS ÊTRE UN CORÉEN, CHANTE UN PEU L'HYMNE NATIONAL POUR VOIR ! RÉPÈTE "10 YENS 50 SENS" !” L'UN D'EUX M'A FRAPPÉ LE DOS À COUPS DE BÂTON
AU MILIEU DE LA NUIT, J'ENTENDIS DES VOIX INCONNUES HURLER “BANZAI !” JE PENSE QU'ILS ONT CRUELLEMENT ASSASSINÉ UNE TRENTAINE DE PERSONNES
ILS NOUS FAISAIENT RÉCITER L'ALPHABET, UN PAR UN (...) QUELQU'UN S'EST REPRIS AU MILIEU, ILS L'ONT INSULTÉ. SANS RIEN DEMANDER DE PLUS, IL SE SONT MIS À FRAPPER SAUVAGEMENT CET HOMME SANS DÉFENSE ET À COGNER SA TÊTE CONTRE LE MUR
ARRIVÉ À IKEBUKURO, JE ME SUIS ÉGARÉ. UN GROUPE DE JEUNES FILLES DISAIT QUE ÇA'VAIT ÉTÉ UNE TERRIBLE JOURNÉE. JE VOULUS LEUR DEMANDER MON CHEMIN. MAIS DÈS QU'ELLES M'ENTENDIRENT PARLER, ELLES SE MIRENT À CRIER : “ICI ! UN CORÉEN !”
“RÉPÈTE : "10 YENS 50 SENS" !” ME DIRENT LES HOMMES QUI M'ENTOURAIENT, LEURS PIEUX EN BAMBOU DIRIGÉS VERS MON VENTRE. JE ME MIS À CRIER : “10 YENS 50 SENS ! JE SUIS JAPONAIS, JE SUIS JAPONAIS !” MAIS MES JAMBES TREMBLAIENT COMME DES FEUILLES
ILS L'ONT TUÉ EN HURLANT “WAA ! WAA !” ET “BANZAI ! BANZAI !”
DANS LE JARDIN DU TEMPLE DE KUMAGAYA J'AI VU UNE MISE À MORT. J'AI COMPTÉ CINQ GROUPES DE JAPONAIS. ILS ENTOURAIENT UN CORÉEN
EMPRUNTANT LE PONT KŌTŌ, ILS ONT POURSUIVI DES CORÉENS JUSQUE SUR L'ÎLE DE TSUKISHIMA. ILS LES ONT LAPIDÉS EN CRIANT : “BANZAI !”
DANS UN ENDROIT DÉSOLÉ, IL Y AVAIT UN AMAS DE CORÉENS DÉCAPITÉS

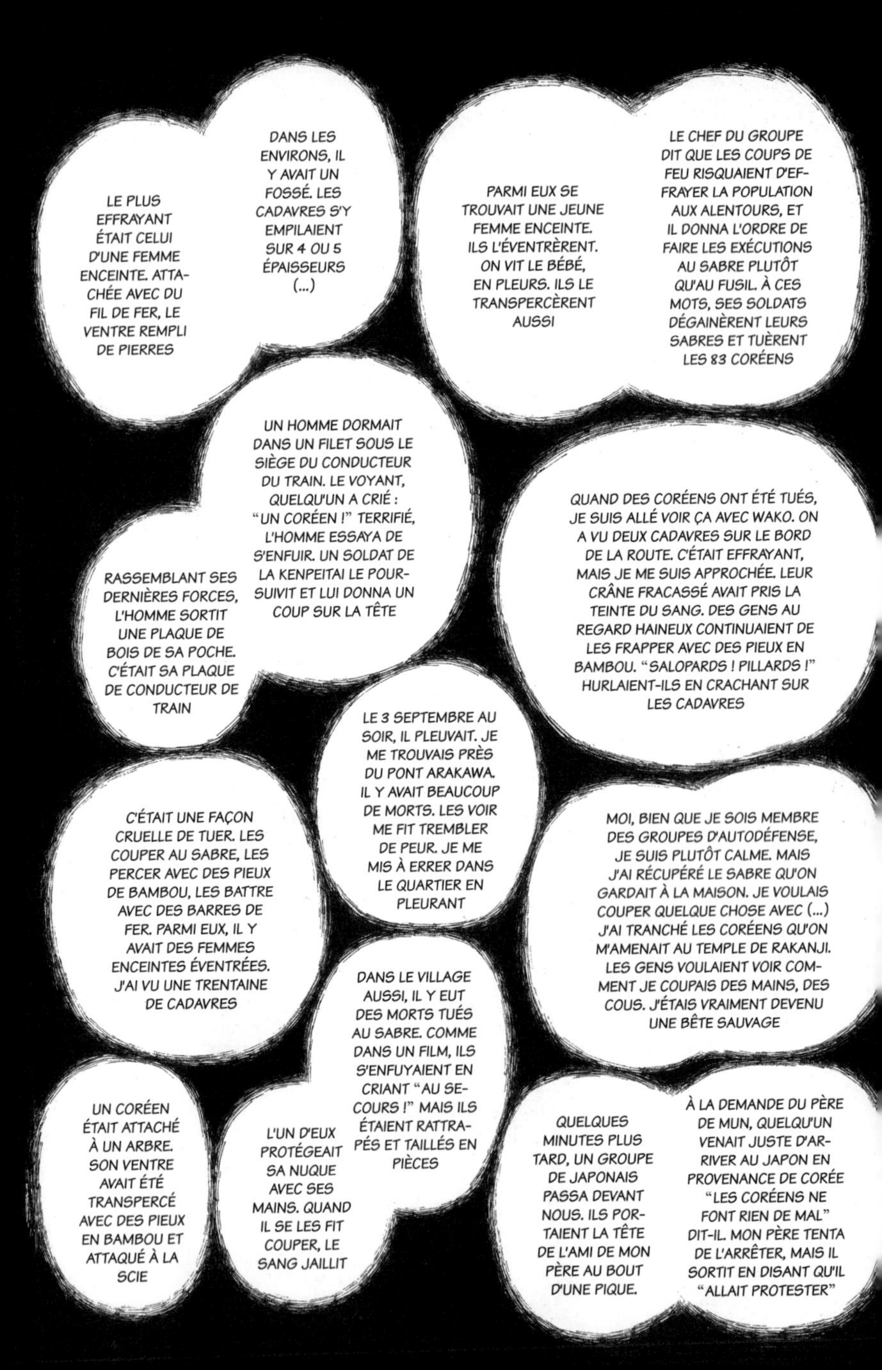
LE CHEF DU GROUPE DIT QUE LES COUPS DE FEU RISQUAIENT D'EFFRAYER LA POPULATION AUX ALENTOURS, ET IL DONNA L'ORDRE DE FAIRE LES EXÉCUTIONS AU SABRE PLUTÔT QU'AU FUSIL. À CES MOTS, SES SOLDATS DÉGAINÈRENT LEURS SABRES ET TUÈRENT LES 83 CORÉENS
PARMI EUX SE TROUVAIT UNE JEUNE FEMME ENCEINTE. ILS L'ÉVENTRÈRENT. ON VIT LE BÉBÉ, EN PLEURS. ILS LE TRANSPERCÈRENT AUSSI
DANS LES ENVIRONS, IL Y AVAIT UN FOSSÉ. LES CADAVRES S'Y EMPILAIENT SUR 4 OU 5 ÉPAISSEURS (...)
LE PLUS EFFRAYANT ÉTAIT CELUI D'UNE FEMME ENCEINTE. ATTACHÉE AVEC DU FIL DE FER, LE VENTRE REMPLI DE PIERRES
QUAND DES CORÉENS ONT ÉTÉ TUÉS, JE SUIS ALLÉ VOIR ÇA AVEC WAKO. ON A VU DEUX CADAVRES SUR LE BORD DE LA ROUTE. C'ÉTAIT EFFRAYANT, MAIS JE ME SUIS APPROCHÉE. LEUR CRÂNE FRACASSÉ AVAIT PRIS LA TEINTE DU SANG. DES GENS AU REGARD HAINEUX CONTINUAIENT DE LES FRAPPER AVEC DES PIEUX EN BAMBOU. “SALOPARDS ! PILLARDS !” HURLAIENT-ILS EN CRACHANT SUR LES CADAVRES
UN HOMME DORMAIT DANS UN FILET SOUS LE SIÈGE DU CONDUCTEUR DU TRAIN. LE VOYANT, QUELQU'UN A CRIÉ : “UN CORÉEN !” TERRIFIÉ, L'HOMME ESSAYA DE S'ENFUIR. UN SOLDAT DE LA KENPEITAI LE POURSUIVIT ET LUI DONNA UN COUP SUR LA TÊTE
RASSEMBLANT SES DERNIÈRES FORCES, L'HOMME SORTIT UNE PLAQUE DE BOIS DE SA POCHE. C'ÉTAIT SA PLAQUE DE CONDUCTEUR DE TRAIN
MOI, BIEN QUE JE SOIS MEMBRE DES GROUPES D'AUTODÉFENSE, JE SUIS PLUTÔT CALME. MAIS J'AI RÉCUPÉRÉ LE SABRE QU'ON GARDAIT À LA MAISON. JE VOULAIS COUPER QUELQUE CHOSE AVEC (...) J'AI TRANCHÉ LES CORÉENS QU'ON M'AMENAIT AU TEMPLE DE RAKANJI. LES GENS VOULAIENT VOIR COMMENT JE COUPAIS DES MAINS, DES COUS. J'ÉTAIS VRAIMENT DEVENU UNE BÊTE SAUVAGE
LE 3 SEPTEMBRE AU SOIR, IL PLEUVAIT. JE ME TROUVAIS PRÈS DU PONT ARAKAWA. IL Y AVAIT BEAUCOUP DE MORTS. LES VOIR ME FIT TREMBLER DE PEUR. JE ME MIS À ERRER DANS LE QUARTIER EN PLEURANT
C'ÉTAIT UNE FAÇON CRUELLE DE TUER. LES COUPER AU SABRE, LES PERCER AVEC DES PIEUX DE BAMBOU, LES BATTRE AVEC DES BARRES DE FER. PARMI EUX, IL Y AVAIT DES FEMMES ENCEINTES ÉVENTRÉES. J'AI VU UNE TRENTAINE DE CADAVRES
À LA DEMANDE DU PÈRE DE MUN, QUELQU'UN VENAIT JUSTE D'ARRIVER AU JAPON EN PROVENANCE DE CORÉE “LES CORÉENS NE FONT RIEN DE MAL” DIT-IL. MON PÈRE TENTA DE L'ARRÊTER, MAIS IL SORTIT EN DISANT QU'IL “ALLAIT PROTESTER”
QUELQUES MINUTES PLUS TARD, UN GROUPE DE JAPONAIS PASSA DEVANT NOUS. ILS PORTAIENT LA TÊTE DE L'AMI DE MON PÈRE AU BOUT D'UNE PIQUE.
DANS LE VILLAGE AUSSI, IL Y EUT DES MORTS TUÉS AU SABRE. COMME DANS UN FILM, ILS S'ENFUYAIENT EN CRIANT “AU SECOURS !” MAIS ILS ÉTAIENT RATTRAPÉS ET TAILLÉS EN PIÈCES
L'UN D'EUX PROTÉGEAIT SA NUQUE AVEC SES MAINS. QUAND IL SE LES FIT COUPER, LE SANG JAILLIT
UN CORÉEN ÉTAIT ATTACHÉ À UN ARBRE. SON VENTRE AVAIT ÉTÉ TRANSPERCÉ AVEC DES PIEUX EN BAMBOU ET ATTAQUÉ À LA SCIE

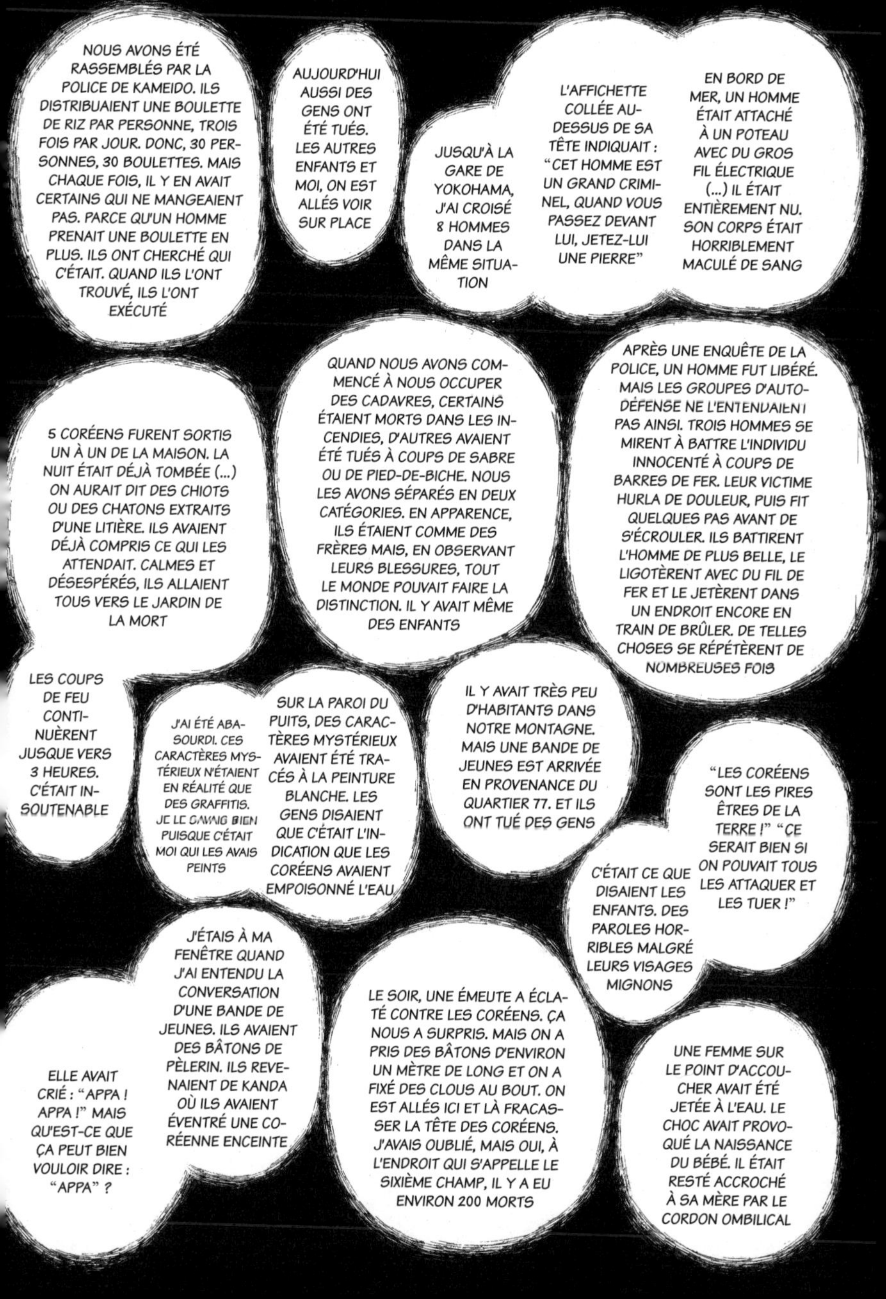
EN BORD DE MER, UN HOMME ÉTAIT ATTACHÉ À UN POTEAU AVEC DU GROS FIL ÉLECTRIQUE (...) IL ÉTAIT ENTIÈREMENT NU. SON CORPS ÉTAIT HORRIBLEMENT MACULÉ DE SANG
L'AFFICHETTE COLLÉE AU-DESSUS DE SA TÊTE INDIQUAIT : “CET HOMME EST UN GRAND CRIMINEL, QUAND VOUS PASSEZ DEVANT LUI, JETEZ-LUI UNE PIERRE”
JUSQU'À LA GARE DE YOKOHAMA, J'AI CROISÉ 8 HOMMES DANS LA MÊME SITUATION
AUJOURD'HUI AUSSI DES GENS ONT ÉTÉ TUÉS. LES AUTRES ENFANTS ET MOI, ON EST ALLÉS VOIR SUR PLACE
NOUS AVONS ÉTÉ RASSEMBLÉS PAR LA POLICE DE KAMEIDO. ILS DISTRIBUAIENT UNE BOULETTE DE RIZ PAR PERSONNE, TROIS FOIS PAR JOUR. DONC, 30 PERSONNES, 30 BOULETTES. MAIS CHAQUE FOIS, IL Y EN AVAIT CERTAINS QUI NE MANGEAIENT PAS. PARCE QU'UN HOMME PRENAIT UNE BOULETTE EN PLUS. ILS ONT CHERCHÉ QUI C'ÉTAIT. QUAND ILS L'ONT TROUVÉ, ILS L'ONT EXÉCUTÉ
APRÈS UNE ENQUÊTE DE LA POLICE, UN HOMME FUT LIBÉRÉ. MAIS LES GROUPES D'AUTODÉFENSE NE L'ENTENDAIENT PAS AINSI. TROIS HOMMES SE MIRENT À BATTRE L'INDIVIDU INNOCENTÉ À COUPS DE BARRES DE FER. LEUR VICTIME HURLA DE DOULEUR, PUIS FIT QUELQUES PAS AVANT DE S'ÉCROULER. ILS BATTIRENT L'HOMME DE PLUS BELLE, LE LIGOTÈRENT AVEC DU FIL DE FER ET LE JETÈRENT DANS UN ENDROIT ENCORE EN TRAIN DE BRÛLER. DE TELLES CHOSES SE RÉPÉTÈRENT DE NOMBREUSES FOIS
QUAND NOUS AVONS COMMENCÉ À NOUS OCCUPER DES CADAVRES, CERTAINS ÉTAIENT MORTS DANS LES INCENDIES, D'AUTRES AVAIENT ÉTÉ TUÉS À COUPS DE SABRE OU DE PIED-DE-BICHE. NOUS LES AVONS SÉPARÉS EN DEUX CATÉGORIES. EN APPARENCE, ILS ÉTAIENT COMME DES FRÈRES MAIS, EN OBSERVANT LEURS BLESSURES, TOUT LE MONDE POUVAIT FAIRE LA DISTINCTION. IL Y AVAIT MÊME DES ENFANTS
5 CORÉENS FURENT SORTIS UN À UN DE LA MAISON. LA NUIT ÉTAIT DÉJÀ TOMBÉE (...) ON AURAIT DIT DES CHIOTS OU DES CHATONS EXTRAITS D'UNE LITIÈRE. ILS AVAIENT DÉJÀ COMPRIS CE QUI LES ATTENDAIT. CALMES ET DÉSESPÉRÉS, ILS ALLAIENT TOUS VERS LE JARDIN DE LA MORT
“LES CORÉENS SONT LES PIRES ÊTRES DE LA TERRE !” “CE SERAIT BIEN SI ON POUVAIT TOUS LES ATTAQUER ET LES TUER !”
C'ÉTAIT CE QUE DISAIENT LES ENFANTS. DES PAROLES HORRIBLES MALGRÉ LEURS VISAGES MIGNONS
IL Y AVAIT TRÈS PEU D'HABITANTS DANS NOTRE MONTAGNE. MAIS UNE BANDE DE JEUNES EST ARRIVÉE EN PROVENANCE DU QUARTIER 77. ET ILS ONT TUÉ DES GENS
SUR LA PAROI DU PUITS, DES CARACTÈRES MYSTÉRIEUX AVAIENT ÉTÉ TRACÉS À LA PEINTURE BLANCHE. LES GENS DISAIENT QUE C'ÉTAIT L'INDICATION QUE LES CORÉENS AVAIENT EMPOISONNÉ L'EAU
J'AI ÉTÉ ABASOURDI. CES CARACTÈRES MYSTÉRIEUX N'ÉTAIENT EN RÉALITÉ QUE DES GRAFFITIS. JE LE SAVAIS BIEN PUISQUE C'ÉTAIT MOI QUI LES AVAIS PEINTS
LES COUPS DE FEU CONTINUÈRENT JUSQUE VERS 3 HEURES. C'ÉTAIT INSOUTENABLE
UNE FEMME SUR LE POINT D'ACCOUCHER AVAIT ÉTÉ JETÉE À L'EAU. LE CHOC AVAIT PROVOQUÉ LA NAISSANCE DU BÉBÉ. IL ÉTAIT RESTÉ ACCROCHÉ À SA MÈRE PAR LE CORDON OMBILICAL
LE SOIR, UNE ÉMEUTE A ÉCLATÉ CONTRE LES CORÉENS. ÇA NOUS A SURPRIS. MAIS ON A PRIS DES BÂTONS D'ENVIRON UN MÈTRE DE LONG ET ON A FIXÉ DES CLOUS AU BOUT. ON EST ALLÉS ICI ET LÀ FRACASSER LA TÊTE DES CORÉENS. J'AVAIS OUBLIÉ, MAIS OUI, À L'ENDROIT QUI S'APPELLE LE SIXIÈME CHAMP, IL Y A EU ENVIRON 200 MORTS
J'ÉTAIS À MA FENÊTRE QUAND J'AI ENTENDU LA CONVERSATION D'UNE BANDE DE JEUNES. ILS AVAIENT DES BÂTONS DE PÈLERIN. ILS REVENAIENT DE KANDA OÙ ILS AVAIENT ÉVENTRÉ UNE CORÉENNE ENCEINTE
ELLE AVAIT CRIÉ : “APPA ! APPA !” MAIS QU'EST-CE QUE ÇA PEUT BIEN VOULOIR DIRE : “APPA” ?

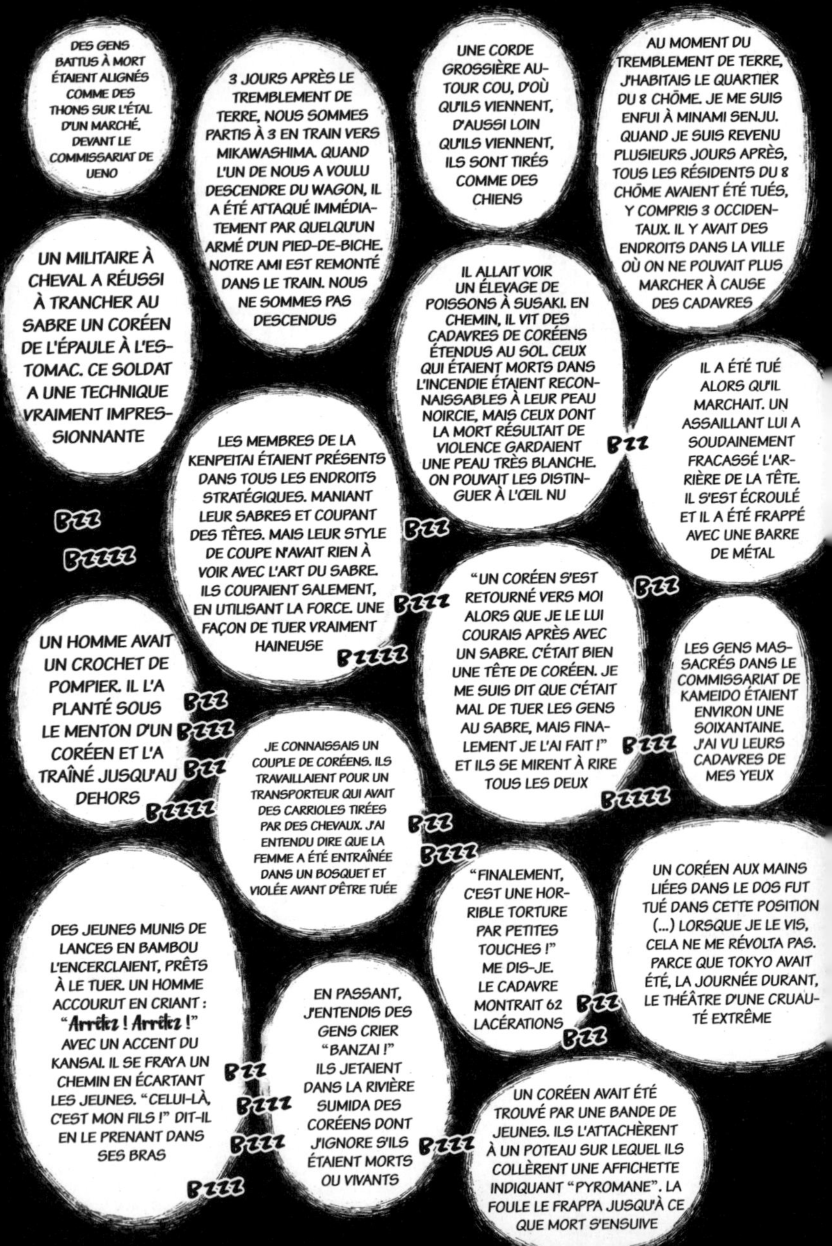
DES GENS BATTUS À MORT ÉTAIENT ALIGNÉS COMME DES THONS SUR L'ÉTAL D'UN MARCHÉ. DEVANT LE COMMISSARIAT DE UENO
3 JOURS APRÈS LE TREMBLEMENT DE TERRE, NOUS SOMMES PARTIS À 3 EN TRAIN VERS MIKAWASHIMA. QUAND L'UN DE NOUS A VOULU DESCENDRE DU WAGON, IL A ÉTÉ ATTAQUÉ IMMÉDIATEMENT PAR QUELQU'UN ARMÉ D'UN PIED-DE-BICHE. NOTRE AMI EST REMONTÉ DANS LE TRAIN. NOUS NE SOMMES PAS DESCENDUS
UNE CORDE GROSSIÈRE AUTOUR COU, D'OÙ QU'ILS VIENNENT, D'AUSSI LOIN QU'ILS VIENNENT, ILS SONT TIRÉS COMME DES CHIENS
AU MOMENT DU TREMBLEMENT DE TERRE, J'HABITAIS LE QUARTIER DU 8 CHÔME. JE ME SUIS ENFUI À MINAMI SENJU. QUAND JE SUIS REVENU PLUSIEURS JOURS APRÈS, TOUS LES RÉSIDENTS DU 8 CHÔME AVAIENT ÉTÉ TUÉS, Y COMPRIS 3 OCCIDENTAUX. IL Y AVAIT DES ENDROITS DANS LA VILLE OÙ ON NE POUVAIT PLUS MARCHER À CAUSE DES CADAVRES
UN MILITAIRE À CHEVAL A RÉUSSI À TRANCHER AU SABRE UN CORÉEN DE L'ÉPAULE À L'ESTOMAC. CE SOLDAT A UNE TECHNIQUE VRAIMENT IMPRESSIONNANTE
IL ALLAIT VOIR UN ÉLEVAGE DE POISSONS À SUSAKI. EN CHEMIN, IL VIT DES CADAVRES DE CORÉENS ÉTENDUS AU SOL. CEUX QUI ÉTAIENT MORTS DANS L'INCENDIE ÉTAIENT RECONNAISSABLES À LEUR PEAU NOIRCIE, MAIS CEUX DONT LA MORT RÉSULTAIT DE VIOLENCE GARDAIENT UNE PEAU TRÈS BLANCHE. ON POUVAIT LES DISTINGUER À L'ŒIL NU
IL A ÉTÉ TUÉ ALORS QU'IL MARCHAIT. UN ASSAILLANT LUI A SOUDAINEMENT FRACASSÉ L'ARRIÈRE DE LA TÊTE. IL S'EST ÉCROULÉ ET IL A ÉTÉ FRAPPÉ AVEC UNE BARRE DE MÉTAL
LES MEMBRES DE LA KENPEITAI ÉTAIENT PRÉSENTS DANS TOUS LES ENDROITS STRATÉGIQUES. MANIANT LEUR SABRES ET COUPANT DES TÊTES. MAIS LEUR STYLE DE COUPE N'AVAIT RIEN À VOIR AVEC L'ART DU SABRE. ILS COUPAIENT SALEMENT, EN UTILISANT LA FORCE. UNE FAÇON DE TUER VRAIMENT HAINEUSE
BZZ
BZZZZ
BZZ
BZZ
BZZZ
BZZZZ
BZZ
"UN CORÉEN S'EST RETOURNÉ VERS MOI ALORS QUE JE LE LUI COURAIS APRÈS AVEC UN SABRE. C'ÉTAIT BIEN UNE TÊTE DE CORÉEN. JE ME SUIS DIT QUE C'ÉTAIT MAL DE TUER LES GENS AU SABRE, MAIS FINALEMENT JE L'AI FAIT !" ET ILS SE MIRENT À RIRE TOUS LES DEUX
LES GENS MASSACRÉS DANS LE COMMISSARIAT DE KAMEIDO ÉTAIENT ENVIRON UNE SOIXANTAINE. J'AI VU LEURS CADAVRES DE MES YEUX
UN HOMME AVAIT UN CROCHET DE POMPIER. IL L'A PLANTÉ SOUS LE MENTON D'UN CORÉEN ET L'A TRAÎNÉ JUSQU'AU DEHORS
BZZ
BZZZ
BZZ
BZZZZ
JE CONNAISSAIS UN COUPLE DE CORÉENS. ILS TRAVAILLAIENT POUR UN TRANSPORTEUR QUI AVAIT DES CARRIOLES TIRÉES PAR DES CHEVAUX. J'AI ENTENDU DIRE QUE LA FEMME A ÉTÉ ENTRAÎNÉE DANS UN BOSQUET ET VIOLÉE AVANT D'ÊTRE TUÉE
BZZZ
BZZZZ
BZZ
BZZZ
"FINALEMENT, C'EST UNE HORRIBLE TORTURE PAR PETITES TOUCHES !" ME DIS-JE. LE CADAVRE MONTRAIT 62 LACÉRATIONS
UN CORÉEN AUX MAINS LIÉES DANS LE DOS FUT TUÉ DANS CETTE POSITION (...) LORSQUE JE LE VIS, CELA NE ME RÉVOLTA PAS. PARCE QUE TOKYO AVAIT ÉTÉ, LA JOURNÉE DURANT, LE THÉÂTRE D'UNE CRUAUTÉ EXTRÊME
BZZ
BZZ
DES JEUNES MUNIS DE LANCES EN BAMBOU L'ENCERCLAIENT, PRÊTS À LE TUER. UN HOMME ACCOURUT EN CRIANT : "Arrêtez ! Arrêtez !" AVEC UN ACCENT DU KANSAI. IL SE FRAYA UN CHEMIN EN ÉCARTANT LES JEUNES. "CELUI-LÀ, C'EST MON FILS !" DIT-IL EN LE PRENANT DANS SES BRAS
EN PASSANT, J'ENTENDIS DES GENS CRIER "BANZAI !" ILS JETAIENT DANS LA RIVIÈRE SUMIDA DES CORÉENS DONT J'IGNORE S'ILS ÉTAIENT MORTS OU VIVANTS
BZZ
BZZZ
BZZZ
BZZZ
BZZZ
UN CORÉEN AVAIT ÉTÉ TROUVÉ PAR UNE BANDE DE JEUNES. ILS L'ATTACHÈRENT À UN POTEAU SUR LEQUEL ILS COLLÈRENT UNE AFFICHETTE INDIQUANT "PYROMANE". LA FOULE LE FRAPPA JUSQU'À CE QUE MORT S'ENSUIVE

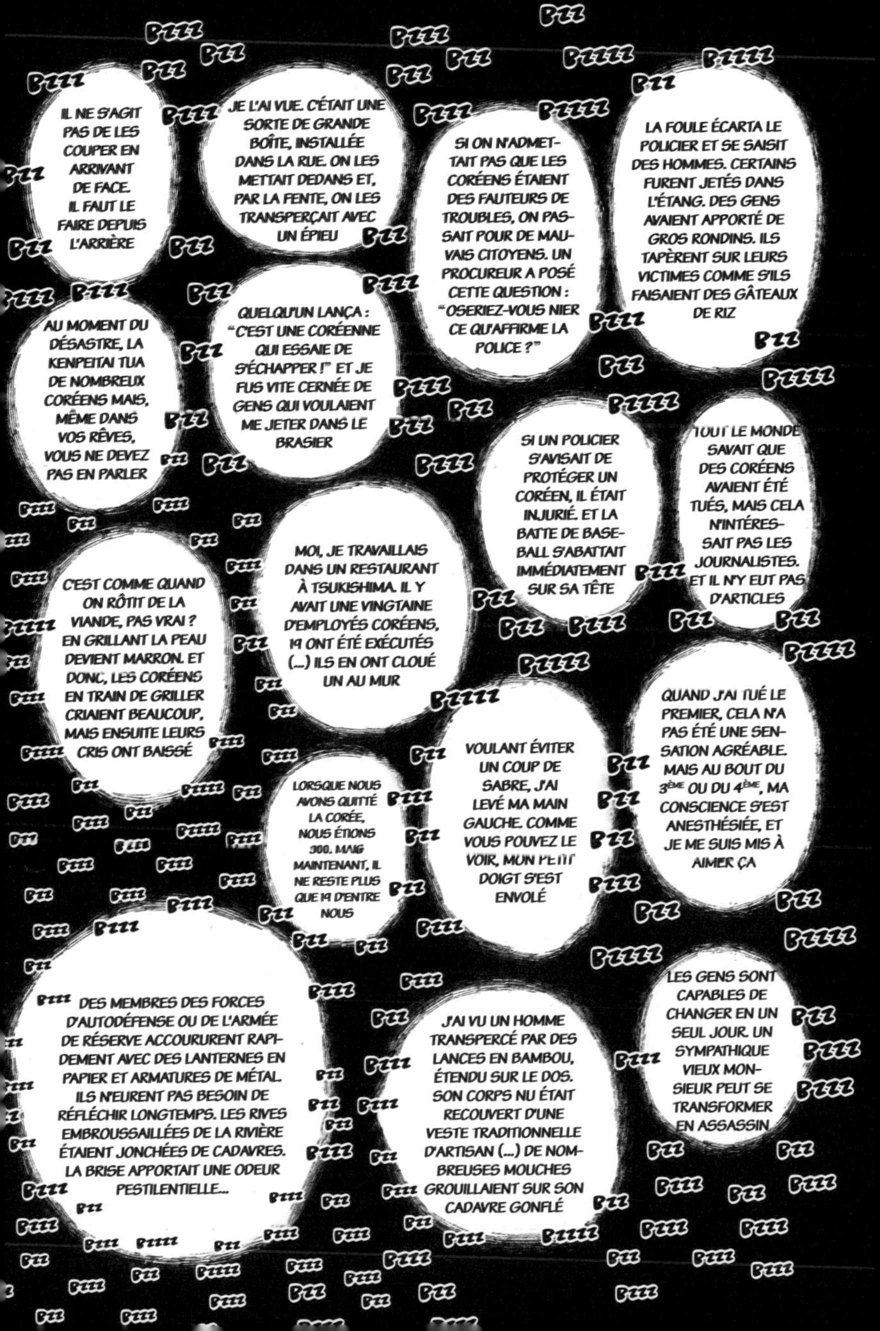

IL NE S'AGIT PAS DE LES COUPER EN ARRIVANT DE FACE. IL FAUT LE FAIRE DEPUIS L'ARRIÈRE
JE L'AI VUE. C'ÉTAIT UNE SORTE DE GRANDE BOÎTE, INSTALLÉE DANS LA RUE. ON LES METTAIT DEDANS ET, PAR LA FENTE, ON LES TRANSPERÇAIT AVEC UN ÉPIEU
SI ON N'ADMETTAIT PAS QUE LES CORÉENS ÉTAIENT DES FAUTEURS DE TROUBLES, ON PASSAIT POUR DE MAUVAIS CITOYENS. UN PROCUREUR A POSÉ CETTE QUESTION : “OSERIEZ-VOUS NIER CE QU'AFFIRME LA POLICE ?”
LA FOULE ÉCARTA LE POLICIER ET SE SAISIT DES HOMMES. CERTAINS FURENT JETÉS DANS L'ÉTANG. DES GENS AVAIENT APPORTÉ DE GROS RONDINS. ILS TAPÈRENT SUR LEURS VICTIMES COMME S'ILS FAISAIENT DES GÂTEAUX DE RIZ
AU MOMENT DU DÉSASTRE, LA KENPEITAI TUA DE NOMBREUX CORÉENS MAIS, MÊME DANS VOS RÊVES, VOUS NE DEVEZ PAS EN PARLER
QUELQU'UN LANÇA : “C'EST UNE CORÉENNE QUI ESSAIE DE S'ÉCHAPPER !” ET JE FUS VITE CERNÉE DE GENS QUI VOULAIENT ME JETER DANS LE BRASIER
SI UN POLICIER S'AVISAIT DE PROTÉGER UN CORÉEN, IL ÉTAIT INJURIÉ. ET LA BATTE DE BASE-BALL S'ABATTAIT IMMÉDIATEMENT SUR SA TÊTE
TOUT LE MONDE SAVAIT QUE DES CORÉENS AVAIENT ÉTÉ TUÉS, MAIS CELA N'INTÉRESSAIT PAS LES JOURNALISTES. ET IL N'Y EUT PAS D'ARTICLES
C'EST COMME QUAND ON RÔTIT DE LA VIANDE, PAS VRAI ? EN GRILLANT LA PEAU DEVIENT MARRON. ET DONC, LES CORÉENS EN TRAIN DE GRILLER CRIAIENT BEAUCOUP, MAIS ENSUITE LEURS CRIS ONT BAISSÉ
MOI, JE TRAVAILLAIS DANS UN RESTAURANT À TSUKISHIMA. IL Y AVAIT UNE VINGTAINE D'EMPLOYÉS CORÉENS, 19 ONT ÉTÉ EXÉCUTÉS (...) ILS EN ONT CLOUÉ UN AU MUR
LORSQUE NOUS AVONS QUITTÉ LA CORÉE, NOUS ÉTIONS 300. MAIS MAINTENANT, IL NE RESTE PLUS QUE 19 D'ENTRE NOUS
VOULANT ÉVITER UN COUP DE SABRE, J'AI LEVÉ MA MAIN GAUCHE. COMME VOUS POUVEZ LE VOIR, MON PETIT DOIGT S'EST ENVOLÉ
QUAND J'AI TUÉ LE PREMIER, CELA N'A PAS ÉTÉ UNE SENSATION AGRÉABLE. MAIS AU BOUT DU 3ÈME OU DU 4ÈME, MA CONSCIENCE S'EST ANESTHÉSIÉE, ET JE ME SUIS MIS À AIMER ÇA
DES MEMBRES DES FORCES D'AUTODÉFENSE OU DE L'ARMÉE DE RÉSERVE ACCOURURENT RAPIDEMENT AVEC DES LANTERNES EN PAPIER ET ARMATURES DE MÉTAL. ILS N'EURENT PAS BESOIN DE RÉFLÉCHIR LONGTEMPS. LES RIVES EMBROUSSAILLÉES DE LA RIVIÈRE ÉTAIENT JONCHÉES DE CADAVRES. LA BRISE APPORTAIT UNE ODEUR PESTILENTIELLE...
J'AI VU UN HOMME TRANSPERCÉ PAR DES LANCES EN BAMBOU, ÉTENDU SUR LE DOS. SON CORPS NU ÉTAIT RECOUVERT D'UNE VESTE TRADITIONNELLE D'ARTISAN (...) DE NOMBREUSES MOUCHES GROUILLAIENT SUR SON CADAVRE GONFLÉ
LES GENS SONT CAPABLES DE CHANGER EN UN SEUL JOUR. UN SYMPATHIQUE VIEUX MONSIEUR PEUT SE TRANSFORMER EN ASSASSIN

Bzz
HÉ ! QU'EST-CE QUE VOUS FAITES ? METTEZ LE FEU... RAPIDEMENT
J'ESSAIE, MAIS ÇA NE PREND PAS... !
ÇA S'ÉTEINT TOUT DE SUITE...
OOH
ON VA PAS Y ARRIVER...
L'ODEUR EST ATROCE...
AH, MERDE !
C'EST INSUPPORTABLE...

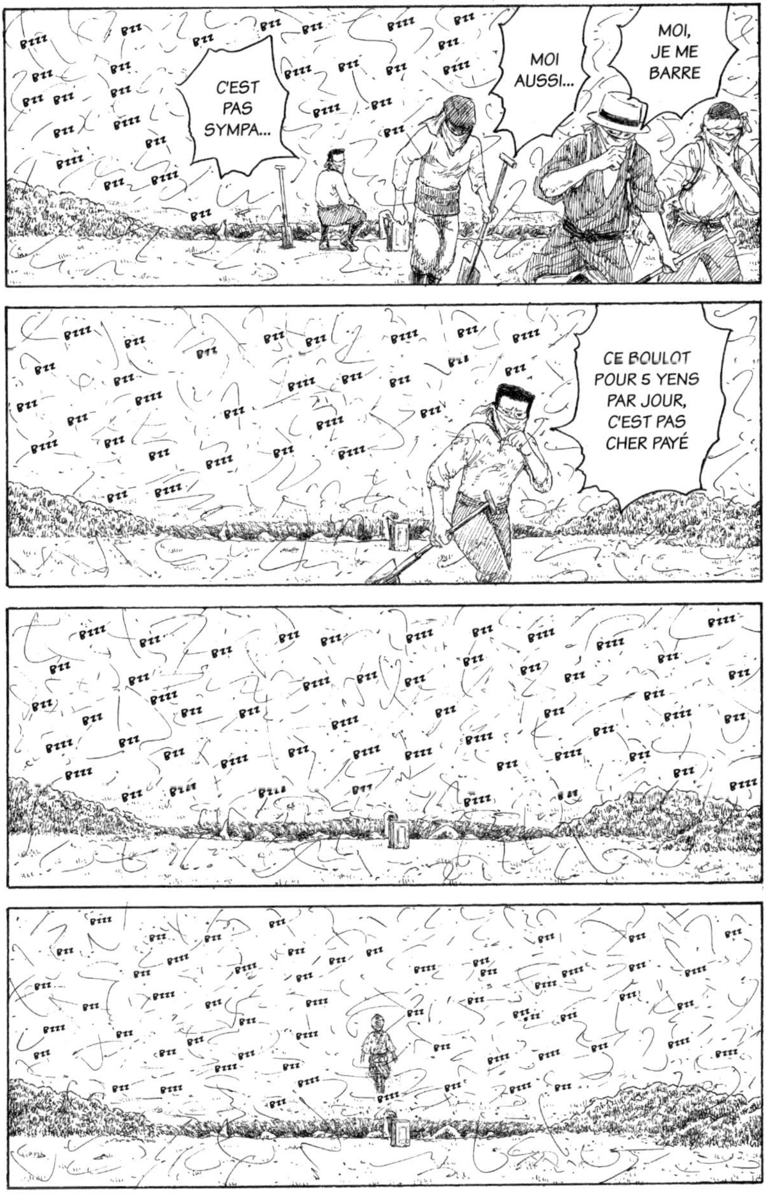
MOI, JE ME BARRE
MOI AUSSI...
C'EST PAS SYMPA...
CE BOULOT POUR 5 YENS PAR JOUR, C'EST PAS CHER PAYÉ

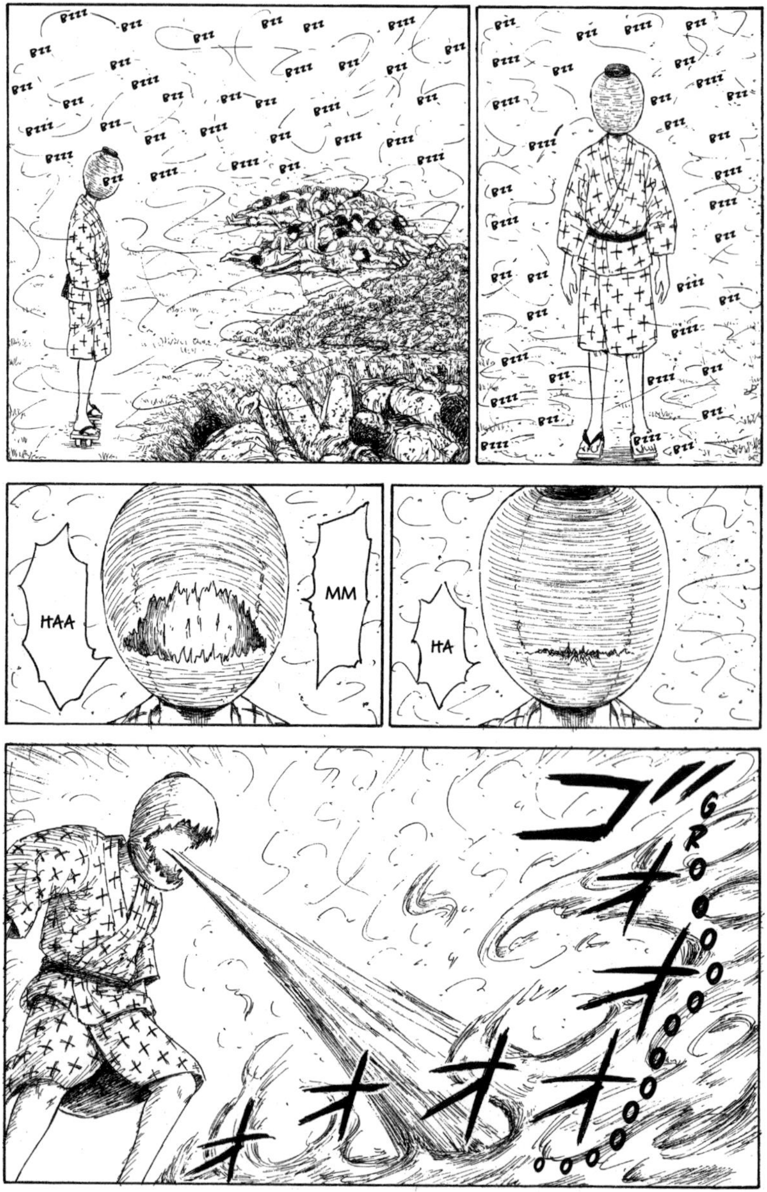
BZZ
BZZZ
BZZ
BZZZ
HA
HAA
MM
ゴオオオオオ
GROOOOOOOOOOOOOOO

QUE CELA NE S'EFFACE JAMAIS DE VOS MÉ-MOIRES...
OUI, JAMAIS...

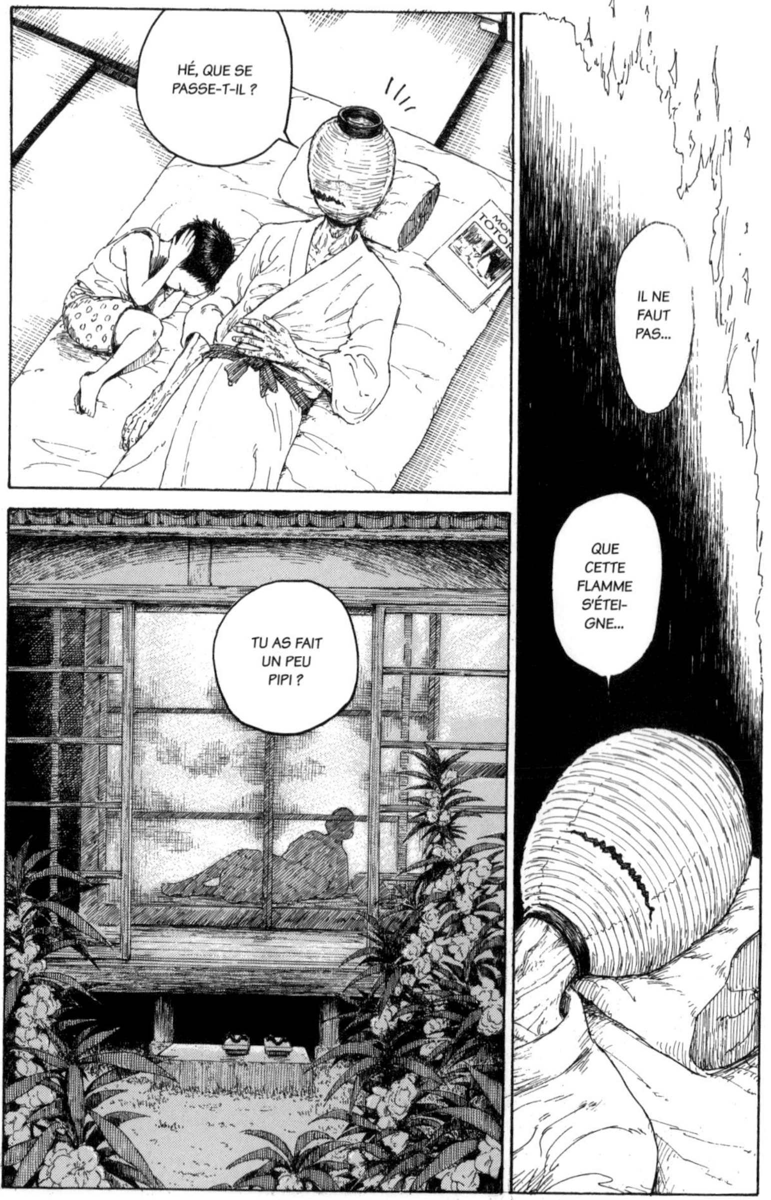
IL NE FAUT PAS...
QUE CETTE FLAMME S'ÉTEIGNE...
HÉ, QUE SE PASSE-T-IL ?
TU AS FAIT UN PEU PIPI ?

Sources bibliographiques

西崎雅夫 (1959-) 関東大震災朝鮮人虐殺の記録: 東京地区別1100の証言 (現代書館, 2023)
Nishizaki Masao (1959-) Kantō daishinsai chōsenjin gyakusatsu no kiroku : Tokyo chikubetsu 1100 no shōgen (Gendai shokan, 2023)

ほうせんか : 風よ鳳仙花の歌をはこべ (ころから株式会社, 2021)
Hōsenka (一般社団法人) Kaze yo, hōsenka no uta wa kobe (Korokara, 2021)

加藤 直樹 : 九月、東京の路上で 1923年関東大震災ジェノサイドの残響 (ころから株式会社, 2014)
Kato Naoki (1967-) : Kugatsu, Tokyo no rojō de 1923 nen Kantō daishinsai genocide no zankyō (Korokara, 2014)

Références :

吉村 昭 (1927-2006) : 関東大震災 (文藝春秋, 2004)
Yoshimura Akira (1927-2006) Kantō daishinsai (Bungei shunjū, 2004)

姜 徳相 (1932-2021) 関東大震災・虐殺の記憶
Tok-sang Kang (1932-2021) Kantō daishinsai gyakusatsu no kioku

藤野 裕子 : 民衆暴力—一揆・暴動・虐殺の日本近代
Fujino Yūko : Minshū bōryoku — ikki bōdō gyakusatsu no Nihon kindai

加藤 直樹 : TRICK トリック「朝鮮人虐殺」をなかったことにしたい人たち
Kato Naoki (1967-) : Trick Chōsenjin gyakusatsu wo nakatta koto nishitai hitotachi

# JOYEUX DÉMONS

AH
AU-JOURD'HUI...
MON HUMEUR...
EST BONNE !
SLAAAFF

チチチチ
TWII TWII
MADE-
MOISELLE
KAKINE !
C'EST DÉJÀ
LE MATIN !
IL FAIT BEAU
...
MM...
TAIS-
TOI...

BONJOUR, MADAME YAGA
FLUUUU
L'EAU...
FLUUUUUUUUUUU
GNIP
HA...
JE SUIS DÉSOLÉ
L'EAU...
TU LA GASPILLES...
BON APPÉTIT

AH, TIENS... !
JE N'AI PAS DE RIZ...
MON-SIEUR HARIMOTO
VOUS VE-NEZ DE LE MANGER
MON RIZ...
ZUUUUU
MON-SIEUR HARIMOTO
VOUS L'AVEZ DÉJÀ MANGÉ...
MON...
ZIT ZIT ZIT ZIT ZIT
LE CHAOS NE S'ARRÊTE PAS
RYŪ...
VOUS VOULEZ BOIRE ÇA ?

JE NE LE BOIRAI PAS
J'AI ARRÊTÉ L'ALCOOL
MAIS C'EST DU CAFÉ !
IL FAIT FROID
AH, MADE-MOISELLE KAKINE, VOUS ÊTES RÉVEILLÉE
CET HOMME QUI A ÉTÉ ADMIS ICI IL Y A UN CERTAIN TEMPS
D'APRÈS CE QU'ON DIT, IL IRAIT MIEUX
BAH... MOI, JE NE SUIS PAS UNE SPÉCIALISTE...
ALLEZ VÉRIFIER VOUS-MÊME, MURAKI
...
...
火の用心

C'EST COMMENT ICI ?
L'ATMOSPHÈRE ?
... MM...
MIEUX QUE CE QUE J'AVAIS ANTICIPÉ... C'EST ANIMÉ... ET JE ME SENS... EN SÉCURITÉ
UN HÔPITAL PSYCHIATRIQUE... J'EN AVAIS UNE IMAGE SOMBRE ET EFFRAYANTE
AH... VOUS VOUS IMAGINIEZ UN ENDROIT
OÙ LES PATIENTS CRIENT DES CHOSES ÉTRANGES, ENTRENT EN RAGE ET CASSENT DES CHOSES
OU ERRENT DANS LES COULOIRS
SANS PRONONCER UNE PAROLE
CE GENRE DE CHOSES, NON ?

... EUH...
BAH...
EN FAIT
CE GENRE DE COMPORTEMENTS EST INDUIT PAR LA STRUCTURE DES HÔPITAUX
EN PARTICULIER, CE QUI EST MAUVAIS, C'EST LA DÉTENTION
LA DÉ-TENTION... VRAIMENT...
QUAND LE PATIENT EST ENFERMÉ À CLEF, ÇA LE PERTURBE
ÇA DEVIENT UNE SOURCE DE STRESS, ET ÇA NE FAIT QU'EMPIRER SA VISION PATHOLO-GIQUE DU MONDE
ET ÇA NE FAIT PAS DES HÔPITAUX DES ENDROITS OÙ LES GENS GUÉRISSENT
CET HÔPITAL A EFFECTIVEMENT ÉCARTÉ TOUT CE QUI POURRAIT FAIRE OBSTACLE À LA DÉMARCHE THÉRAPEUTIQUE
CE QUI EN FAIT UN LIEU OÙ L'ON SE SENT BIEN

IL EST COMPLÈTEMENT OUVERT, CE QUI PERMET DES SORTIES À CONDITION QUE L'ÉTAT DU PATIENT LE PERMETTE
LES VISITES SONT ÉGALEMENT POSSIBLES À TOUT INSTANT
IL N'Y A PAS DE RÈGLES PLEINES DE DÉTAILS INUTILES
LA SÉVÉRITÉ EST EXCLUE
DES HISTOIRES D'AMOUR ENTRE PATIENTS SONT OK
CET HÔPITAL AVEC UN BON ÉTAT D'ESPRIT, JE L'AI FONDÉ 50 ANS AUPARAVANT...
S'IL COMMENCE CETTE HISTOIRE, ÇA VA DURER LONGTEMPS

*Un bateau mis en quarantaine en 2020 pendant la pandémie de COVID-19. Vaste foyer épidémique, il aida à modéliser le comportement du virus et les risques d'infection.

HÉ, VOUS ÊTES VENUE DE KAMAKURA
UN BEL ENDROIT...
AH, ÇA NE VA PAS ! J'AI QUELQUE CHOSE DE PRÉVU !
BON, À PLUS TARD
PARDON DE VOUS AVOIR DÉRANGÉE
CETTE PERSONNE, C'EST UN PATIENT... ?
OUI...
EN EFFET...
ÇA FAIT PLUS DE 10 ANS QU'IL RENTRE ET SORT DE L'HÔPITAL
...
ÇA NE VA PAS DE DIVULGUER AINSI À LA LÉGÈRE DES INFORMATIONS SUR D'AUTRES PERSONNES

JE SORS
OUI, ENTEN-DU. PRENEZ SOIN DE VOUS !
KA-MAKU-RA ?
À PARTIR D'ICI...
ÇA DEVRAIT PRENDRE ENVIRON 1 HEURE ET DEMIE

DÉMONS

JOYEUX

ファーン
GARE DE KAMAKURA
ÇA A BIEN DÛ NOUS PRENDRE 2 HEURES ET DEMIE.
ÇA FAISAIT LONGTEMPS QU'ON N'ÉTAIT PAS SORTIS...
ON CHERCHE À PARTIR D'OÙ ?
KAMAKURA, C'EST ÉTENDU
REPOSEZ-VOUS SUR MOI
MÊME SI JE N'EN AI PLUS L'AIR, AVANT, J'AVAIS CE GENRE DE RÔLE DANS MON TRAVAIL
JE SUIS BONNE POUR PRENDRE LA DIRECTION DES CHOSES

BIEN. CHERCHONS-NOUS EN DIRECTION DE LA MER OU DE LA MONTAGNE ?
ON VA VOTER...
... ÇA
NE VA PAS...
FINALEMENT, CE QUE JE PEUX FAIRE N'A AUCUNE VALEUR
ALLEZ... MADAME YAGA...
CIAL
ON PEUT LE TROUVER EN UNE SEULE JOURNÉE ?
BAH, SI ON EN ARRIVE À CETTE SITUATION, ON PRÉVIENDRA L'HÔPITAL QU'ON DORT DEHORS
CE NE SERA SÛREMENT PAS LA PEINE...
!

LA MER...
EN CETTE PÉRIODE, IL N'Y A PAS GRAND MONDE
ON A BEAUCOUP MARCHÉ
MÊME SI ON EST LOIN, ON SENT LA PRÉSENCE DU GRAND BOUDDHA
IL EST LÀ !
C'EST LUI
BONSOIR
ZOUUUUF
ガァア

IL Y A QUELQUE CHOSE QUI VOUS TOURMENTE EN CE MOMENT ?
NOUS POURRIONS EN PARLER...
AH...
...
IL A CRU QUE VOUS LUI PROPOSIEZ UN PLAN DRAGUE
MURAKI, NE VOUS IMPLIQUEZ PAS TROP !
MOI AUSSI, JE SAIS QUE C'EST UN ÉCHEC
MAIS ON CHUTE EN-SEMBLE...
NE VOUS INQUIÉTEZ PAS ! NOUS VOUDRIONS JUSTE PARLER AVEC VOUS UN INSTANT
AVEZ-VOUS REMARQUÉ ?

DE "MAUVAISES ÉMANATIONS" PARTENT DE VOUS
DÉPENDANT DES CAS, CES "MAUVAISES ÉMANATIONS", PEUVENT CAUSER
UNE CARIE PSYCHOLOGIQUE !
ピタッ
Pitss
FINALEMENT... C'EST COMME ÇA...
VOUS AUSSI...
VOUS ÊTES VENU M'ARRÊTER ?
HEIN ?

QUI FAIT DU MAL À L'AUTRE ? ET POURQUOI EST-CE QUE ÇA SE DÉCIDE UNILATÉRALEMENT ?
VOUS AVEZ ENCORE L'INTENTION DE M'ENFERMER !
NON, VOUS VOUS TROMPEZ... ! MOI, JE VIENS SEULEMENT VÉRIFIER DANS QUELLES CONDITIONS "CES MAUVAISES ÉMANATIONS" APPARAISSENT
JE N'AI AUCUNE MAUVAISE INTENTION... VOUS TROUVEZ QUE LE TERME "MAUVAISES ÉMANATIONS" N'EST PAS LA BONNE APPELLATION ?
PEUT-ON VOUS FAIRE CONFIANCE ?
ZUOOOOOOOOOOOOO

ZUOOOOO

LE RENARD À
9 QUEUES

DÉGAG
ZUOOOOOOO
SLIF
ZUP

ZIAF
LE CHAT FANTÔME
MERCI, KAKINE !

FLAF
FLAF
FLAF
FLAF
FLAF
MAIS PAS BESOIN DE L'ATTAQUER
IL SUFFIT DE SE DÉ-FENDRE !
GRRRR
ZIAF
TOUTE SEULE, C'EST PAS FACILE
IL FALLAIT S'Y ATTENDRE, C'EST UN GROS PONTE
ÇA, VA FALLOIR QU'ON S'Y COLLE TOUS...
ZUP
IL A L'AIR D'AVOIR UN SOUCI...
ZAF
S'Y METTRE À PLUSIEURS, JE N'AIME PAS ÇA, D'HABITUDE
MAIS,
LÀ...
SON CA-RACTÈRE NE ME PLAÎT PAS

ピチャ
PLOUTCH
ギュワワァ
ZUOOOOOO

CHAAF
LA DAME DES MONTAGNES
FLASH
FLASH
LE GAMIN LANTERNE
ZWIP
LE FAUX KAPPA

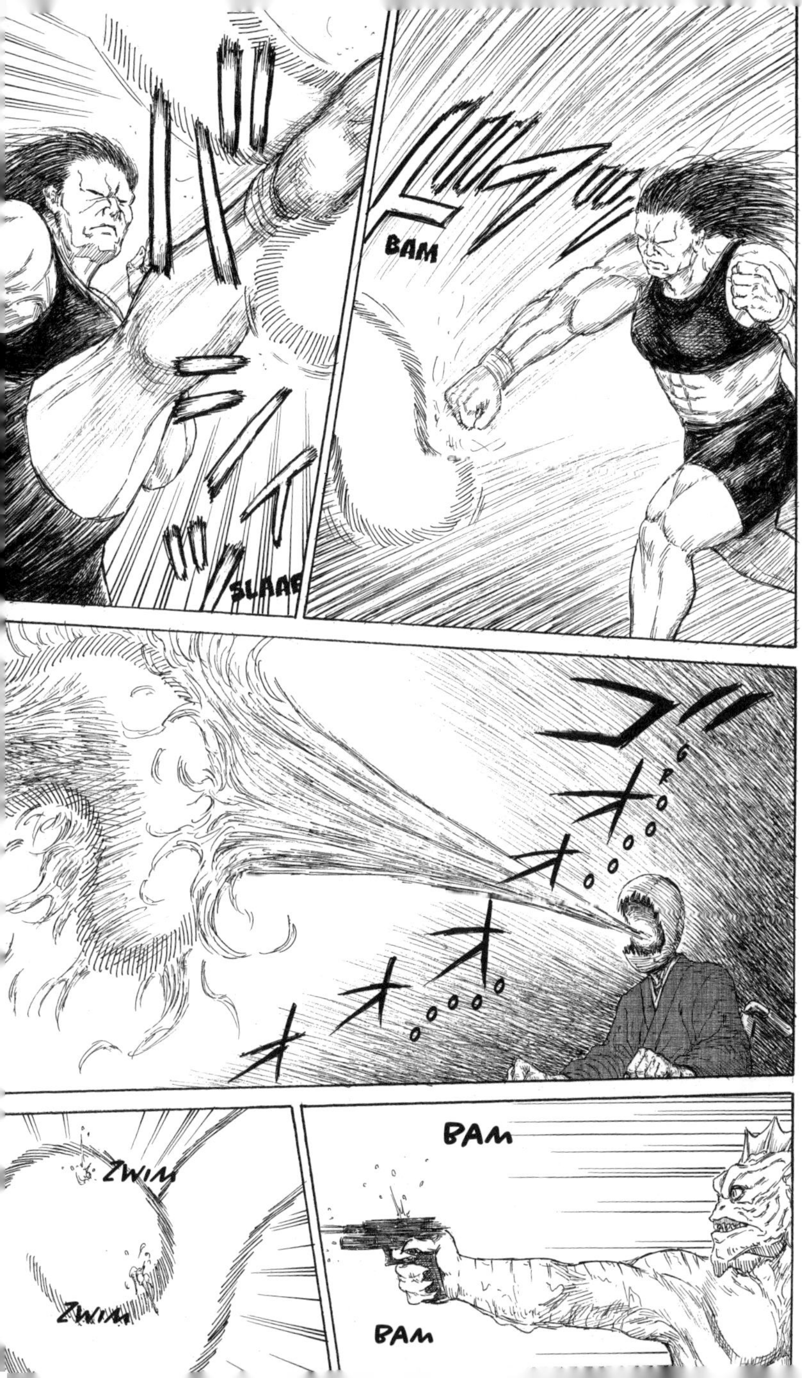
BAM
SLAA
GROOOOO
OOOOO
BAM
BAM
ZWIM
ZWIM

RYŪ !
ギョヘ～
OUUHHH
FLAAF
MURAKI
C'EST BON, CONCENTREZ-VOUS PLUTÔT SUR CE QUE VOUS ÊTES EN TRAIN DE FAIRE !
J'AIMERAIS QUE VOUS ARRÊTIEZ CETTE AGRESSION AFIN QUE NOUS PUISSIONS FAIRE LES CHOSES CALMEMENT
GRR
GRR
GRR
GRR
GRR
GRR
... AH !
TOUT D'ABORD, PARLONS
Uuf

MONSIEUR LE RENARD, QU'ESPÉREZ-VOUS ?
OU BIEN... QUE VOULEZ-VOUS FAIRE ?
L'ESPOIR...
SI C'EST ÇA...
IL N'Y EN A PAS !!
VOUS AVEZ AFFUBLÉ LES RENARDS D'UNE IMAGE DE TRAÎTRISE ET DE CRUAUTÉ
ET MAINTENANT, APRÈS TOUTES LES ÉPREUVES QUE J'AI SUBIES, JE N'AI PLUS AUCUN ESPOIR. LE COMPRENEZ-VOUS ?
VOUS VOUS SENTEZ PRISONNIER DEPUIS LONGTEMPS, N'EST-CE PAS ?
JE NE PENSE PAS QUE CE SOIT AUSSI DIFFICILE QUE POUR UN RENARD, MAIS MOI AUSSI IL M'EST ARRIVÉ D'ÊTRE ENFERMÉ...
HÉ !
EST-CE QUE JE PEUX VOUS POSER D'AUTRES QUESTIONS PLUS DÉTAILLÉES ?
HÉ ! RAPPLIQUE ! JE RIGOLE PAS !
QUOI !
EN PLUS, IL FAIT FROID
N'hésitez pas à me faire part de toutes vos frustrations

Oui, même si l'on n'a aucune intention de faire le mal, si l'on est toujours vu avec suspicion, il est inévitable que cela se passe ainsi
IL Y A UN TYPE TOUT SEUL QUI HURLE
AU CAS OÙ, JE LE FILME
Bien sûr, il y a encore des gens qui pensent que les renards sont toujours associés au crime
Et ils ne les aiment pas
C'est affreux
Ce n'est pas impossible qu'à cause de cela vous n'ayez aucune confiance dans le genre humain

JE COMPRENDS...
MOI AUSSI À CAUSE DE MA MALADIE, J'AI ÉTÉ TRAITÉ DE FAÇON INJUSTE
JUSQU'À CE QUE JE PROTESTE, PERSONNE N'ÉCOUTAIT QUAND JE DISAIS QUE CELA ÉTAIT LIÉ À MA MALADIE, ET JE PERDAIS ESPOIR...
JE COMPRENDS, C'EST BON, MAIS...
MOI, FINALEMENT, QUE DOIS-JE FAIRE ?
AVOIR UN COMPORTEMENT MODÈLE. FAIRE DES EFFORTS POUR RESTAURER L'IMAGE DES RENARDS. C'EST ÇA ?
FOUF
AH, JE SUIS FATIGUÉ...
JE VAIS ME REPOSER UN PEU
...
C'EST DE LA MERDE TOUT ÇA
?!

SNAP
SNAP
VOUS AVEZ SANS DOUTE COMMIS DE MAUVAISES ACTIONS QUE VOUS REGRET-TEZ, MAIS CELA NE SIGNIFIE PAS QUE VOTRE EXISTENCE EST DÉTRUITE
ÇA NE SIGNIFIE PAS QUE VOUS *DEVEZ* FAIRE DE BONNES ACTIONS
ET CE N'EST PAS GRAVE SI CELA DÉRANGE LES AUTRES
FINALEMENT...
QU'EST-CE QUE VOUS ...
VOULEZ... ?

JUSTE RENDRE LES CHOSES UN PEU PLUS AGRÉABLES...
TOUS ICI, MOI Y COMPRIS
NOUS FAISONS FACE À DES DIFFICULTÉS DANS LA VIE
NOUS NE POUVONS PAS METTRE DE L'ORDRE DANS NOS SENTI-MENTS
ET NOUS NE CESSONS DE NOUS CONFRONTER À LA DURETÉ DE L'EXISTENCE
CE PROBLÈME N'EST PAS DE CEUX QUE L'ON PEUT RÉSOUDRE IMMÉDIATEMENT
NOUS POURRIONS, À PARTIR DE MAIN-TENANT, CHERCHER ENSEMBLE COMMENT AVANCER DE LA BONNE FAÇON

WOAAAAAAAAAAAA
PLATCH
PLATCH
LA FORCE DE LA MER REVIENT AVEC POWER UP
CETTE TENSION EST ÉTRANGE
IL A BU ?
S'ABSTENIR DE BOIRE, C'EST DE LA MERDE ! DE LA MERDE !
PARTOUT DANS LE MONDE, RIEN QUE DE LA MERDE !
ZLAF
JE VAIS TOUT NETTOYER AU JET !!
UN INST...
RYŪ !
STOP !
STOP !

FLOOOCHHH
ズ
!
BUAAAAA
ドパーン
BLAM
ZAAAAAA

TOUT ...
TOUT VA BIEN ?
MAMAN, PAPA, JE SUIS DÉSOLÉ...
ME DIRE QUE VOUS N'ÊTES PAS MES VRAIS PARENTS...
...
EST-CE QUE L'ÊTRE D'AVANT SORTIRA EN-CORE DE MON CORPS ?
AH...
LES “MAU-VAISES ÉMANA-TIONS” ?
POUR LE MOMENT, ELLES SONT CALMÉES...

00:07:24
ON FAIT QUOI ? ON LE POSTE ?
...
ÇA NE ME DÉRANGE PAS
MAIS BON, IL A COMMENCÉ À PLEUVOIR
IL FAIT VRAIMENT TRÈS BEAU
UNE GIBOULÉE TYPIQUE DE LA SAISON DES AMOURS DES RENARDS
HEIN ?
QUOI ?
EUH...
...
BAH, TANT PIS
Supprimer
1/1

SPLAAF
SPLAAF
MONSIEUR OZAKI...
VOUS AIMEZ LA MER ?
PAS SPÉCIALEMENT...
MAIS...
ICI, ON PEUT VOIR AU LOIN...

"LES VAGUES VONT ET VIENNENT CHARGÉES DE CHAGRIN COMME UNE PRISON DE SÉDIMENTS
OÙ, PAR MOMENTS, SE GLISSE UN BREF SOLEIL"
SPLAAF
SPLAAF
Ah... J'ai encore fait une bêtise...
SPLAAF
SPLAAF
ON VA BIENTÔT DEVOIR RENTRER
AH...
L'IDÉE DE DEVOIR RETOURNER JUSQUE LÀ-BAS M'ÉPUISE
ALLONS-Y. ON N'A PAS LE CHOIX

ON DORT DEHORS ?

HA ! HA ! HA ! HA ! HA !
ザザーン
SPLAAF
ザザーン…
SPLAAF

Publications originales

La Belette-faucille de Tokyo
*Manga Action*, 16 mars 2021

L'Endurance du jeune Satori 019
*Web Action*,18 juin 2021

Le Sang de la rivière
*Web Action*, 20 août 2021

Le Chat manquant
*Web Action*, 8 octobre 2021

La Descente des montagnes
*Web Action*, 14 janvier 2022

La Lumière chassée
Publication en ligne, 1 juillet 2022

Joyeux démons
Créé pour ce recueil

# POSTFACE

**Joyeux démons**

Cette histoire donne son nom au recueil, pourtant, il s'agit de la dernière que j'ai dessinée. J'avais pensé en faire une série, puis je me suis dit que je n'étais pas un spécialiste des démons japonais, les *yōkai*, et j'ai abandonné le projet. Mon éditeur jugeant qu'elle conviendrait mieux à un recueil, je l'ai gardée en réserve.

**La Belette-faucille de Tokyo**

L'éditeur de *Manga Action* m'ayant suggéré de créer un manga d'une vingtaine de pages. J'ai songé aux *yōkai* et ai imaginé une histoire avec une belette-faucille. L'idée d'en faire une suite d'histoires de démons est venue de là. Un an s'écoula, et ce fut un post de l'éditeur en question sur Twitter qui me donna l'idée du titre. Je fis lire le manga à pas mal de gens. Leurs réactions me firent plaisir. Mais le fait que certains n'y voient naïvement qu'une volonté de traiter de la discrimination me laissa perplexe.

**L'Endurance du jeune Satori**

Sincèrement, en m'évertuant à faire de ce professeur un personnage vraiment détestable, j'ai fini par ne plus le trouver drôle du tout. Je me suis alors appliqué, de manière à que l'on puisse bien distinguer le bon du mauvais dans ces propos. Est-il ou non un bon professeur ? Je vous laisse juges.

**Le Sang de la rivière**

À partir de cette histoire, les choses deviennent un petit peu plus sérieuses. Gardant en mémoire le sujet de *Joyeux démons*, je me mis à penser à l'enfance et à l'éducation des *yōkai*, pour donner de la densité à ma narration. J'ai voulu parler d'étrangers ou de personnes d'origine étrangère, et de la façon dont ils sont traités. Mon ouvrage de référence est *Buenos Dias Nippon, gaikokujin ga ikiru « mo hitotsu no nippon »* (Buenos dias, Japon ou « l'autre Japon », dans lequel vivent les étrangers) de Yaoki Nanakorobi et Fukudakayo (éditions Latina, 2005).

**Le Chat manquant**
Cette histoire est celle qui m'a posé le plus de problèmes. Dans *Joyeux démons*, les *yōkai* n'apparaissent que comme des assistants du héros (et j'avais d'abord voulu traiter de la discrimination au faciès sans y parvenir). Cette fois, dans cette histoire de chats, les *yōkai* ont plutôt le premier rôle. L'ouvrage de référence est *Jibun wo kizu tsukezu ni wa irarenai, jishō kara kaifuku suru tame no hinto* (Ceux qui ne peuvent s'empêcher de se blesser eux-mêmes, conseils pour se guérir de l'automutilation) de Toshihiko Matsumoto (Kodansha, 2015).

**La Descente des montagnes**
J'ai diffusé cette histoire gratuitement sur le Net, mais elle n'a pas été lue autant que je m'y attendais. C'est peut-être lié au fait que le mouvement #MeToo n'a pas eu un très grand écho au Japon. Ou alors, à ma façon de dessiner. Dans ce dernier cas, peut-être ai-je encore une chance de rédemption… La référence est : *She Said, L'Enquête qui a révélé l'affaire Weinstein et fait exploser le mouvement #MeToo* de Jodi Kantor et Megan Twohey.

**La Lumière chassée**
Cette année, c'est le 100ème anniversaire du grand tremblement de terre du Kantō, mais il n'y avait pas (du moins, mes recherches n'en ont pas trouvé trace) de manga relatant les exécutions de Coréens juste après le séisme (cependant, les ouvrages d'historiens traitant de ce sujet abondent). Si *La lumière chassée* est effectivement le premier manga qui s'y consacre, il m'a semblé opportun d'en faire un manga de *yōkai*, afin que s'y mêlent leurs capacités hors du commun et leur côté obscur. Ce serait bien que ce manga soit du genre « l'œuvre du siècle », mais j'aimerais autant que de tels faits ne se reproduisent pas dans 100 ans…

**Et enfin…**
Pour leur aide précieuse, j'adresse mes plus vifs remerciements à M. Kenmochi des éditions Futabasha, à M. Okashita, graphiste, à tous les auteurs qui m'ont autorisé à reproduire certains passages de leurs textes ainsi qu'à l'écrivain Natsuhiko Kyōgoku.

First published in Japan in 2022 by FUTABASHA PUBLISHERS LTD.



Logo d'Atelier Akatombo : Toshiaki Gōtō pour GOTO Design Jimusho

Conception graphique : Atelier Akatombo

ISBN : 978-2-37927-200-4
Édition originale

Achevé d'imprimer
sur les presses de Pulsioprint

Dépôt légal : novembre 2023
*Imprimé dans l'Union européenne*